O —
editora Urutau

rua maestro demétrio kipman, 210,
jardim américa, bragança paulista — sp,
12902-130, brasil

avenida peirao besada, 6 – 2D
36163 poio-pontevedra
(espanha)

[+34] 644 951 354 [espanha]
[+55] 11 9 4859 2 426 [brasil]

www.editoraurutau.com.br
contato@editoraurutau.com.br

[EDIÇÃO]
debora ribeiro rendelli
[REVISÃO]
gabriela silva
[CAPA E DIAGRAMAÇÃO]
victor prado

dados internacionais de catalogação na publicação (CIP) de acordo com ISBD

zuccala, natália
Z94c cheia / natália zuccala. bragança paulista, sp: editora urutau, 2021.
140 p. ; 13 x 19cm.
ISBN 978-65-5900-092-0
1. Literatura brasileira. 2. Romance. 3. Prosa. I. Título.
CDD 869.8992
2021-2513 CDU 821.134.3(81)

elaborado por vagner rodolfo da silva - CRB-8/9410

CHEIA

NATÁLIA ZUCCALA

[primeira edição]
URUTAU
julho de 2021

SUMÁRIO

Tenho a boca cheia de terra [...] Tenho a boca cheia de ti, da sua boca. Seus lábios apertados, duros como se mordessem oprimindo meus lábios... [...] Tenho saliva espumosa; mastigo torrões coalhados de vermes que aninham na minha garganta e raspam o meu céu da boca... Minha boca se afunda, contorcendo-se em três jeitos, perfurada pelos dentes que a perfuram e devoram. O nariz amolece. A gelatina dos olhos se derrete. Os cabelos ardem numa labareda só.

JUAN RULFO, em *Pedro Páramo*

PARTE I

— Mesa pra quantos?

— Uma.

— Perdão.

— Uma pessoa.

— Uma pessoa? — estranha o garçom no sobrecenho.

— Foi o que eu disse — franze a testa ainda mais do que ele.

— Mas…

— Algum problema?

— Não, senhora.

— E então? — avança.

— É que…

Cada um guarda o ar para si.

— Ou será talvez que...

Interrompe-se porque sente um toque no braço e se lembra: tinha saído para jantar com o marido. Saiu para jantar com ele, como pôde esquecer? Vim o caminho inteiro ao seu lado e não percebi? Onde ele estava? Era o que me faltava: Carlos. Falava ao telefone, é isso, claro. Saiu de casa já falando, agora me lembro. Eu, aqui, esqueci: ele, lá, ele... O telefone tocou antes mesmo de entrarmos no elevador; então entramos, descemos os andares, fechei o portão do prédio e acho que larguei do lado de dentro meu marido, foi sim, isso o que aconteceu, claro, mas ele estava aqui.

Ele sempre está aqui.

O garçom atento, que os conhecia das poucas vezes que haviam estado lá, percebeu os dois clientes e estranhou o pedido, claro. No piso, Amanda tenta encontrar os seus pedaços. Não consegue. Prossegue. Agarra a mão em seu ombro e a aperta. Por sorte ele não a escutou pedindo por uma mesa para um. Para uma. Com quem falava ao telefone?

— Me desculpe — ela diz baixo, retendo entre os lábios a última sílaba, e encara o garçom na esperança de encontrar compreensão, mas, principalmente, discrição.

— Mesa pra dois?

— Sim.

Podia ter avisado antes, o infeliz.

— Me acompanhem, por favor.

Naquela noite, conversariam sobre cama, mesa e banho, pediriam vinho e comeriam o prato principal logo de entrada. Estavam juntos há poucos anos, mas o relacionamento já prescindia de prelúdios.

Carlos desliga o celular, talvez assim seja mais fácil fazer-se notar, e toma a dianteira, conduzindo a esposa pela mão. Ela deixa: antes que eu me esqueça de. Queria saber quem era ao telefone, mas a dominava a ideia de que deveria estar a par desta informação e, neste caso, melhor não perguntar. Sim. Carlos se incomodaria. É muito provável que ele tenha mencionado, dito o nome do sujeito com quem falava, antes de sair de casa, enquanto a gente saía de casa, no caminho: Alô, fulano, como vai? E a família? E o tempo? E o trabalho? Fulana?

Amanda perdia por aí peças importantes de uma memória claudicante, perfurada, nas quais depois tropeçava: amigos apareciam para o jantar sem que o marido soubesse; o chuveiro queimado dava sustos nos desavisados; ela mesma não estava em dias que marcara de encontrá-lo. Quem? Carlos. Abandonada às incertezas, deslembrava e, sobre o piso vacilante no qual se equilibrava, marchava o marido a passos firmes, sem deixar nenhum instante de apontar, no andar dela, a imprecisão.

Será que alguém já se esqueceu alguma vez de comer? Morreu de fome por se esquecer de comer? Ou beber água. Já viemos aqui algumas vezes, eu sei, já vi estes pratos, este cardápio, este lugar, eu sei. A carne, não, o espaguete é bom. Talvez devesse pedir uma salada. Encara as letras impressas como se fossem responder-lhe ao que perguntava, o papel a encara de volta, as sílabas confundem-se e perdem o som, as palavras deixam de significar, escondem-se por trás de si. Todo o cenário por dentro e em volta do cardápio indiferencia-se e emudece; seu conteúdo — cadeiras, pessoas, paredes, letras, pratos, porta, piso, mesa — perde a proporção, as cores e os contornos passam a ser cor e contorno: uma tela em branco, bidimensional. O silêncio das fronteiras e a boca seca, a opacidade do som.

Amanda navega cega até voltar a delinear um horizonte. Desloca a mirada para o rosto do marido, talvez cais. Quero chegar à idade dele assim. Percebe algumas marcas de expressão comendo-lhe os cantos dos olhos, conspurcando sua juventude, não sabe dizer se são recentes ou se sempre estiveram ali; são vincos rasos, mas definitivos, sinais de envelhecimento que ainda não aviltam a beleza, mas indicam a passagem do tempo. Talvez encontrar no seu semblante, na sua pele, os próprios desejos, tenta aportar na miragem--marido; sorri; dentes cerrados, muito brancos, encaram-na de volta, dentes macios; vacila diante da amistosidade dos seus caninos, então entrega-se aos cuidados da sua língua.

— Vai pedir o que, meu amor?

— O mesmo da última vez.

Ele vai se lembrar do que pedi da última vez e me dizer. Quantas vezes viemos aqui? Não foram mais de duas.

— O filé? — Ele joga boia.

— Isso, filé. — Ela não afunda.

Por que ele nem sequer abriu o cardápio? Já sabia o que queria? Conhece os pratos? Será que ele se lembra mesmo do que eu pedi da última vez ou está chutando? Talvez tenha vindo aqui com outra pessoa; talvez tenha aberto o cardápio e eu não vi, claro. É claro que é isso, aí está, ao lado dos talheres. Ele abriu, olhou, decidiu, fechou e eu não vi. Aí está. Diz que o filé acompanha cenouras glaceadas. Não sei se me lembro o que são; mais especificamente isso de estarem glaceadas, não as cenouras; essas eu sei o que são, claro.

— Acompanha cenouras glaceadas. — Ela lê em voz alta e, apesar do tom afirmativo, Carlos é capaz de captar um acento interrogativo denunciado em sua garganta, ali, logo antes da fala.

— Você gosta de cenoura glaceada — ele sorri como um homem educado. — É a mesma coisa que cenoura caramelizada.

— Claro!

— Pelo que eu me lembro, você gostou desse prato da última vez que a gente veio.

— Gostei, não foi?

— O garçom tá aí, posso pedir?

— Claro, pode pedir.

Às vezes, quando você não está, sai por algumas horas, viaja, preciso olhar fotos suas em busca dos seus traços. Esqueço com frequência o seu rosto. Se você é bonito, alto ou baixo. A cor dos seus cabelos, a textura dos fios, os olhos, o brilho nos dentes. O tom da voz. Em ideia não, a ideia de você permanece, mas a imagem guardada de cada parte do seu corpo é insuficiente para configurar uma compreensão coesa do todo. Acontece que. Todas as vezes em que. Você reaparece. É como se nunca tivesse partido. Como se eu nunca tivesse me esquecido de você e, na verdade, esse tempo todo, você estivesse lá, aqui, fizesse parte de mim, do que há de mais côncavo em mim, mas estivesse escondido, por um momento, só para reaparecer triunfante logo depois, para me provar que sou capaz de esquecer até de mim, mas nunca da sua presença, e. Isso me deixa.

Na mesma intensidade que você some, reaparece. Na memória, você habita o lugar raso do aqui e do agora: uma mosca volante e imprecisa, um flash perene sobre a retina do presente. Nada.

E se um dia você for embora e não voltar? Vou me esquecer para sempre de? Me esquecer para sempre de mim?

Ou então a sua imagem vai virar um zumbido ininterrupto no ouvido, vibração constante em baixa frequência? O que mais vou esquecer se um dia eu esquecer você? Tenho medo de você levar demais consigo.

Amanda observa os quadros e as fotografias que compõem a decoração do restaurante em busca de familiaridade. Encontra mulheres que colorem paisagens tímidas pregadas em paredes quase limpas, algumas seminuas, nas pinturas principalmente. Toca os talheres posicionados em cima do guardanapo de pano, quando o garçom se aproxima com os pratos. Mira a comida, com garfo e faca em riste. Isto é um filé, isto são cenouras, parece um molho o que há em cima da carne, um purê embaixo dela. O gosto do purê é de batatas, claro, um pouco de leite talvez. As cenouras, doces: cenouras glaceadas são doces. A carne tem um sabor terroso, é macia. Um fio. Um fio de cabelo preto no meio do purê, enfio na boca junto com a comida e mastigo. O marido, que mal tocou em seu prato, a fita.

— Bom?

— Sim. — Ela sorri ainda de boca cheia e sente o fio de cabelo passando pela garganta. Assim que ela enfia mais uma garfada na boca, ele interrompe a mastigação.

— Vi você observando as fotografias...

— E os quadros.

— São bonitos, não?

— Bonitos, são.

— Nem eu tinha reparado da última vez.

— Nem você!

— Pois é.

— Quando eu nasci?

— Como é, Amanda?

— Em que dia eu nasci?

— Que pergunta é essa? Acha que eu não sei quando é o seu aniversário?

— Não. Não é isso.

— Então? Qual o sentido disso?

— Esquece — ri. — É só uma brincadeira.

— Sem graça.

Ele não se esquece:

— Eu não sou como você.

Comem, bebem, olham-se pouco. Ela segue, durante a deglutição, perscrutando informações no rosto dele. Perde-se, ora no sabor da comida, que parece inédito e se impressiona com isso, ora nas palavras que espera vir daquele outro lado da mesa, mas não vêm; tenta puxar recordações do lugar, das outras vezes que estiveram ali, mas não é bem-sucedida. Encontra, sim, em seu prato, lembranças das próprias preferências: quer recordar-se de que gosta de cenouras glaceadas, anota mentalmente a informação. Enganchada no novelo de uma espécie de reconhecimento, desenrodilha-se afinal, e Carlos a apanha:

— Pede o que quiser de sobremesa e a gente divide, que tal?

Para onde ele olha? Carlos tem um olhar tão contundente. Não importa o que ele vê, é feito faca, atravessa as coisas. Se quisesse, poderia, só de olhar, quebrar um copo, entortar uma colher, arrebentar a fechadura, abrir um punho cerrado.

Tem um jeito de botar para fora, de atravessar. Carlos não conversa, ele transpassa. Às vezes é possível escutar o que ele pensa. E alto. Me pergunto se há dentro e fora em Carlos.

— Essa ficou por minha conta — ele diz, quase em pé ao lado da cadeira.

Deixa que ele saia na frente e segue atrás, ancorada no ombro do marido, ainda desarticulada. Amanda usa saltos com medo de cair: em cima deles, parece até mais baixa.

— Com quem você estava falando ao telefone no caminho pra cá? — não se aguenta.

— Com seu pai, ué!

O marido e o pai estavam sempre em diálogo. No começo, a ideia de que os dois fossem compatíveis não somente a agradava, como aliviava, muito. Para ele, afastar-se dos parentes e de seus encargos era como esticar elásticos que se tencionam; para ela, era como desatar nós. O elo paternal era uma corda no pescoço da qual Carlos resolvera partilhar, que bom! Antes espinhoso, o vínculo filial parecia ter começado a operar melhor a partir do intermédio do marido. Eles se entendem, pensava ela no começo, que se biquem e eu fico com as sobras.

Assuntos com os quais ela nutria um desprazer enorme em lidar eram os alvos preferidos deles: burocracias, especulações, elucubrações e Fórmula 1. Nas últimas semanas, a maior parte das conversas entre os dois homens tinha como objeto principal efetuar a troca do piso da sala. O pai, de um lado, pesquisava, desde sua cidade, as melhores opções do mercado: fazia telefonemas, mandava e-mails, obrigava a trabalharem duro funcionários e assistentes de estabelecimentos diversos. O marido, do outro, ouvia com regozijo os relatos dos diálogos bélicos e mal-educados travados entre o sogro aposentado e aquelas pessoas. Ela mantinha a impressão de que os dois arranjavam problemas só pelo prazer de encontrarem soluções em dupla: subterfúgios divertidos para medir a eficiência masculina. Eram feitos de uma matéria parecida, ela pensava.

Amanda costumava ficar aliviada com as empresas dos dois, pois entendia que não teria de lidar com esses assuntos, além disso, admira a capacidade de realização e a disposição para operações mundanas que ambos têm, características as quais não atribui a si mesma, muito pelo contrário. Para agradar ao marido, elogia sua competência e eficácia, expressões pelas quais ele tem apreço pessoal, ou apego, assim como "custo-benefício", "network", "infra-estrutura", dentre outros "know-hows". Recebe, em troca, um beijo estalado, mas não molhado, no meio da testa; uma ajeitadinha no cabelo também.

— Parece que tem um sujeito bom pro serviço, deve dar um pulo lá em casa qualquer dia desses pra fazer o orçamento.

Eram tantas as reformas e mudanças cogitadas pelo marido a todo tempo que ela costumava relevar suas cogitações, não como quem intenciona ignorar algo, mas à força de inércia. Carlos orçamentava, Carlos comparava, Carlos planejava, Carlos gostava de pensar em fazer, mas não levava a cabo todas as elucubrações. Teria ele informado sobre o assunto e ela se esquecido disso também? Poderia até ser que tivesse aprovado a reforma, que tivesse em algum momento acreditado que não gostava do piso tal qual era, mas gostava? Chacoalha suas lembranças, revira-as e não encontra nenhum indício de ter participado das decisões, está agora certa de que ninguém a informou sobre o assunto.

Ela questiona a decisão tomada à sua revelia. Ele afirma, de seu lado, que ela nunca se importaria mesmo com esse tipo de coisa, que, além do mais, ela não entende nada disso, que, mesmo se entendesse, não teria paciência para pesquisar os melhores preços, que acabaria optando pelo mais caro e que, portanto, ele não tem por que dividir sempre esse tipo de decisão com ela. Aliás, é mesmo porque não tem paciência que ela não entende do assunto; porque, se tivesse, poderia, pelo menos um pouco, se esforçar.

É verdade.

— Com a sua idade você já tá assim, imagina.

— O quê?

— Quando tiver na casa dos quarenta, como eu, não vai se lembrar de mais nada.

A discussão percorre o caminho para casa, surda, atravessa a rua e, em meio a um acerto de contas silencioso, adentra o apartamento. Uma vez instalada na casa, senta-se no sofá e tem até endereço postal, está acolhida e aconchegada, então se esparrama, caminha da sala para a cozinha, da cozinha para o banheiro e enfim chega ao quarto, onde acha seu clímax: no encontro entre o cobertor e a madrugada. É tarde, há sono e o conteúdo parece somente agravar equações insolúveis de afetos anteriormente decantados. Ninguém passa a régua, nem fecha a conta. Como de costume, adiam a resolução para o dia seguinte, quando a sobriedade da rotina há de devolver aos dois ponderação e culpa, fundamentais para um casamento bem-sucedido.

Carlos. Por um segundo esqueci o seu nome. Dorme. Profundamente. Brigamos. Mas ele dorme. Em paz. Eu também dormia em paz há dois minutos, não? Ele está sempre aqui. Amanheceu? Não. O silêncio, o silêncio opaco deste quarto. Preferiria não ter acordado antes dele. Não quero acordá-lo, é melhor não fazer nenhum movimento brusco, mas. Eu preciso me virar de lado, quero saber que horas são, quero sair desta posição, quero. Como foi? Por quê? Não consigo me. Algo a ver com o piso, meu pai. Meu pai está quase velho. Preciso me virar, essa é a verdade, porque não quero olhar para a cara dele, isto é. Uma sequência de infelicidades, é. A principal que ele possa dormir de forma tão inadvertida, dormir assim tranquilo enquanto, dentro de mim. Tento. Não consigo. Raiva. Raiva porque eu não lembro e o que lembro me desagrada. Porque. Meu pai está quase velho. Quando ele acordar vai sentir? Raiva como eu. Ou não? Devo acordar Carlos? Posso chutar a perna dele e fingir que foi sem querer. Melhor não. Mas preciso me virar de lado, preciso. Saber as horas.

O que é isso na parede? Que barulho é esse? É cedo, cedo demais, por que acordei? Posso voltar a dormir. A cabeça dói, cedo, vinho, preciso fazer um café, tomar uma água, ir ao banheiro, levantar. Ele dorme em paz, ainda, não sente raiva, dorme tranquilo, como quem morre. Ou sente raiva no sono, é possível? Seria tão fácil, seria tão fácil machucá--lo agora, assim. Não à toa as pessoas machucam, umas as outras, eu vi. Esses dias no metrô, uma senhora. Que batia em sua neta com tanto gosto. O som do tapa estalava no vagão. Com tanto gosto. Entre os gritos dos trilhos e gosto metálico do transporte público. Para, vó, dizia a menina, mas é bom. Bom deliberar sobre o outro de forma a governar o seu corpo. Bater, machucar sem que o outro possa fazer nada, ela dava. Uns tapas nas pernas, na cara, puxou o cabelo da menina, só porque, ela não queria sentar naqueles bancos sujos, há uma. Espécie de prazer nisso. Não, espécie não. Prazer de verdade. Eu tenho a impressão, às vezes certeza, de que eu não. Deveria ter filhos. Nunca. Que me poupem de deliberar sobre o outro, sobre a cabeça, os membros, o cérebro, as coxas dos outros, mas. Ela sabe? A velha, avó, a que batia na neta. Será que sabe? Um dia isso vai acabar, velha, vai acabar e a menina vai crescer e quem sabe, quando isso acontecer, é você quem vai. Apanhar, velha. Será que ela sabe? Deveria saber. E esse corpo estendido ao meu lado? Em que medida eu poderia? Agora, assim, poderia. Machucá-lo. Se eu quisesse poderia. Muito. Poderia machucá-lo como a avó que machuca a neta, o pai que bate na mãe, a mãe que espanca o filho, o filho que mata o gato, ou. Então. Ferver água e jogar pelo orifício do seu ouvido, a. Madrugada é tão quieta hoje e eu. Só escuto a surdez e a finitude e o sono, dele. A madrugada é tão silenciosa. Ele é, maior, mais forte, mais ágil, mais esperto, ele. Tem certeza absoluta. De que é muito mais esperto. Inteligente, que é ainda melhor do que ser esperto, Carlos. O que me impede? A justiça? O Estado? A moral? Não. Tenho muito a perder? Tenho você a perder, a verdade é. Não quero ficar sozinha. Por isso. Não te machuco. Não quero estar. Sozinha. Aqui. Apesar da raiva. Ficar sozinha me apavora mais do que a justiça, o Estado, a moral e. Do que você? O medo de ficar sozinha pode ser maior do que o medo do cerceamento das liberdades, o medo do castigo, da vergonha? Talvez. A verdade é que. É que neste medo talvez, só talvez, resida o medo de perdê-lo, ele, ele mesmo, não outro. Que é um. E vive. E respira. E dorme. E tem um nome: Carlos, meu marido. Que cuida de mim, das contas, das decisões, da casa, de cada centímetro da nossa vida. Carlos de quem eu gosto quando não estou com raiva, mas quem odeio quando estou, acho. Que tenho medo de perder Carlos. Apesar do medo de ficar sozinha, eu. Não sei mais se é possível, como. Seria possível. Viver. De outra forma, sem. Ele. Sem. Medo. Não. Consigo imaginar como seria dividir o banheiro com outro homem. Não sei se. Nem sei se é. Melhor. Não sei se está bom assim, mas. Carlos está em minha cama e. Dorme entre os meus lençóis, é. Aquele que se lembra dos meus pratos preferidos, dos nossos compromissos, de trocar o piso, de ganhar dinheiro, do que eu sou, do que eu não sou, do que é melhor e do que é pior. Para nós.

Carlos é aquele que se lembra.

Queria que ele acordasse. No seio do silêncio da madrugada. Acordasse e por decreto decidisse: nunca brigamos, estamos bem, te perdoo e podemos nos beijar. Queria sentir o toque da sua mão na minha pele, seus dedos apertando a minha carne, se enfiando em minha carne muda, queria a. Maciez de estar aconchegada e sentir o gosto de outra saliva. Talvez não a dele, mas. Carlos é aquele que se lembra. Que dorme ao meu lado à noite, acorda ao meu lado, sempre sabe tudo e faz questão de me lembrar do que é importante e faz questão de não lembrar do. Quando ele acordar vamos voltar para essa corda bamba, mesquinha e familiar: quem errou mais; quem perdoou menos; quem articula melhor o discurso de acusação; quem ofende mais, sem que o outro perceba; quem engendra mais culpa; quem ganha mais, oferecendo menos; quem se lembra mais e com mais certeza, mas agora. O silêncio é imperativo.

Amanda abre a geladeira para checar as prateleiras, fecha assim que constata estarem tão vazias quanto imaginava, observa os azulejos da cozinha como se nunca os tivesse visto, conta. Está certa de que se alguém perguntasse para ela: como são os azulejos da sua cozinha?, não saberia responder. Agora saberá, concentra-se em memorizar a imagem deles. Trinta e cinco, brancos, com detalhes florais em bege.

Decide procurar algo para ler na estante da sala, passa o olho pelas lombadas, pesca alguns exemplares empoeirados, devolve aqueles cujas capas não agradam. Leva os que restaram dessa colheita até a cozinha, empilha-os equilibrados sobre as migalhas de pão na bancada e volta à geladeira. Retira de lá legumes escondidos, prestes a estragar, e se sente satisfeita por salvá-los do desperdício. Apoia, um a um, ao lado dos livros, e uma cebola cai no chão. Abre a despensa, pega temperos, um pacote de macarrão, um de arroz e um de feijão. Observa os livros, as comidas perecíveis, as não perecíveis e vai até a área de serviço, lá senta num banco à beira da janela, observa os vizinhos metidos em seus finais de semana e tem vontade de fumar um cigarro. Amanda não fuma. Liga para o marido porque sente sua falta, porém, assim que fala com ele, deixa de senti-la. Volta para a cozinha, escolhe alguns alimentos, guarda outros e decide começar um livro. Em pé, diante da geladeira, lê três páginas sem reter nada. Pensa em seu almoço, prepara um café, observa uma cabeça de alho, come um pedaço de queijo, abre a porta da despensa e retorna ao livro. Aí então lê, sem hesitação, sentada no chão da cozinha. O conforto é tanto que nem dá notícias, impede a ascensão à consciência de qualquer outro elemento que não sejam as palavras da narrativa. Aconchega-se na surdez da leitura. Dá por si quando já está com fome de almoço. Descobre a cebola embaixo da bancada, deita todo o corpo no piso para pegá-la; quando consegue, ri da própria estripulia. Em pé, cebola numa mão, o livro na outra, deixa a luz do sol emudecer as retinas.

Não me lembro. Posso ligar e perguntar: Carlos, quando foi a última vez que fiquei sem você um final de semana inteiro? O que eu devo fazer num sábado sozinha, enquanto você está longe, trabalhando? O que você acha melhor? Onde ficam os talheres? Como se lava a louça sem você? Posso ficar em casa? Acha que eu deveria sair? Posso ficar na cama, deitada, todo o final de semana até você voltar, o que acha? O que está fazendo aí? Está realmente trabalhando? Talvez eu devesse sair. Não. Acordei cansada. Os armários estão abertos, os legumes sobre a bancada, tenho um livro na mão, algumas palavras escondidas. Acho que fico por aqui, é. Preciso fechar as portas dos armários e, além disso. Está tudo bem. Fico aqui. Como. Leio.

Enquanto pica a abobrinha, o celular toca canções que ela havia deixado de ouvir, então escuta. Tempera os legumes enquanto prova o arroz e, deste modo, não é preciso pensar demais. Percebe estar inadvertidamente contente e deve o sentimento à cerveja recém-aberta ou à distraída solidão. Deve o sentimento, mas não quer pagar.

Bota a mesa com toalha e tudo, na sala, por esmero. Senta-se então e engole seco um ar que estufa o peito. Esse sentimento como se chama? Acha gostoso colocar a boca na camada gorda de vidro, então, fecha os olhos com os lábios aportados no copo, ainda sem beber, e demora passando a língua por toda a borda de vidro. A comida está quente, a bebida gelada, a felicidade embrulha o estômago e o sol arrebenta o piso. Utensílios aguardam impacientes na pia, a torneira goteja estalidos, o estômago cozinha satisfeito e os armários estão de boca aberta. Os barulhos da cidade desconstringem a pele.

Quando se inclina no sentido da bancada para pegar seu livro, um enjoo faz paralisar a coluna. O olhar alcança a porta da cozinha, os pés ameaçam seguir até o banheiro, mas a garganta logo avisa que não há tempo e nem alternativa: corre para a pia e vomita o almoço sobre a louça suja.

— Alô?

— Oi, Amanda.

— Acho que eu não tô bem.

— O que foi? O que aconteceu?

— Eu vomitei.

— Tá sentindo mais alguma coisa?

— Não... dor de cabeça, talvez.

— Talvez?

— É, fraca.

— O que foi que você comeu?

— Uma comida que eu fiz aqui…

— Checou a validade antes de cozinhar?

Não checou, mas se cala. Estúpida. Corre até o lixo, enquanto ele a chama do outro lado da linha sem resposta. Retira as embalagens e lê.

— Tá tudo dentro da validade.

— Você não tinha checado, né? Eu sempre te falo pra você checar a validade antes de cozinhar, mas...

— Carlos…

— Você tá bem, algo deve ter caído mal, só isso.

A palavra do marido é pano quente sobre a cabeça; sua voz, uma mão que pousa no ombro; suas intervenções calam um sentido dorsal.

— Vai ver você tá grávida! — dispara e ri. — Se vomitar de novo, me avisa. Vai ficar tudo bem.

Por que esta chave não entra? Será que é outra? Vou tentar estas três. O que há? Será outro molho? Eu tenho outro? Da casa dos meus pais. Talvez. Mas por que estaria lá? Não mexo naquilo há tanto tempo, nem sei onde está. Não, não é. Pode ser que esteja lá ainda assim, por algum motivo que eu desconheça, por algum motivo que eu não controle, por algum motivo pode ser que eu tenha colocado a chave de casa lá. Pode ser que eu tenha esquecido que coloquei, mas. De forma alguma. Não mexo naquilo há tanto tempo. Estava na mesinha. Com o chaveiro que Carlos me deu. Ele me deu este chaveiro, então é este. Eu coloquei a chave de casa no chaveiro que Carlos. E quando foi que ele? Em que ocasião? Quando nos. Foi quando nos mudamos, ele me deu este chaveiro, antes, um pouco, então. Só pode ser este, não. É neste chaveiro. Que está presa a. Além disso, eu sempre deixo o. Aqui, ao lado da porta, nesta, então, só pode ser este, só pode. Uma água. Preciso me acalmar, um pouco. Vou sentar no sofá, depois, uma água.

Sentar no sofá não é bom, assim parece que. E não. Não é isso que está acontecendo, a chave. Não entra! A água, me esqueci. Vou beber. Fui sentar e me esqueci. Vamos lá...

Até a pia. Tem um filtro de água, na cozinha. Levanta. A pia. Abre o filtro. Não, droga. Preciso pegar um copo antes, um copo onde a água, possa cair. Antes de abrir o filtro e deixar a água cair, é. Preciso pegar copo. Agora, a água está caindo e eu. Não tenho onde tomar a água que está caindo na pia no chão. Droga. Está caindo toda a. Vou enfiar a boca debaixo do, filtro. Não, não dá, eu. Me engasguei, agora. Minhas roupas estão. Sujas, o. Chão está. Sujo. Molhado, a. Pia cheia de vômito e a louça! A louça suja. Droga, droga. Cadê o copo? O copo. Preciso do copo para botar embaixo. Preciso limpar a pia, lavar a louça, lavar a água, limpar a louça, lavar a pia, limpar a água. Que não para de cair. Não adianta. Secar com o pano. O chão a roupa o copo. Preciso me secar, secar o chão, o corpo, o copo, limpar o chão o corpo o copo. No armário, em cima da cabeça, abre o armário e. Coloca o copo embaixo do filtro. Encheu, bebe. Droga, molhou, tudo, o chão, de água. Um pano, preciso, pegar um pano para secar essa água, para secar minha roupa, o chão, a pia.

Por quê, não para de cair? Por que não paro de cair? É impossível assim, secar. Se não para de cair! Droga, droga, droga. Tá tudo, tudo molhado. Como eu não pensei antes? Fechar o filtro. A torneira. Era só fechar a torneira do filtro, a água parava de cair. Droga. Calma. Agora seca. Seca a sujeira que você fez, sua burra. Vai, burra, limpa. Agora limpa, a pia também, não, a roupa, não. Não vai dar tempo, eu preciso, sair de casa. O que faço com. Esse pano molhado? Deixa, o pano, burra. Deixa o pano aí. No chão, em cima da pia, onde. Levanta, agora, burra. Preciso me lembrar, do que está acontecendo, colocar o copo, na pia, colocar. Pronto. Mais um copo para lavar. Melhor lavar. Menos um copo para lavar, é só passar uma água e colocar no escorredor, é só um copo. Com água. Menos um copo para lavar. Pronto. Esse resto de arroz, esse resto de nós, esse resto de vômito sobre os pratos. O que não entrou e o que já saiu de mim? O que está fora e o que está? Agora. Sair de casa, é isso. Sair de casa! Sair de casa para ir até. A farmácia, comprar um teste de gravidez, é tudo. Que eu preciso lembrar agora. Eu posso, estar grávida. Preciso descobrir se. É isso. Tenho. Sede, muita, sede, o tempo inteiro, sede, e não passa. Por que merda eu lavei o copo? Preciso de água. Preciso sair para.

Colocar a chave na fechadura, depois virar a chave na fechadura e atravessar. A mesma porta, não há outra. Mas onde está? Onde está? A mesinha ao lado da porta. Estava aqui, agora. Na mesinha, eu sempre deixo aqui, sempre, não tem por que não estar, o que. Foi que eu fiz com, a maldita chave? O. Chaveiro. O chaveiro de coração rosa que eu ganhei do Carlos. Enorme. Aquele coração enorme e grotesco e mesmo enorme e grotesco eu, ainda perco na merda da bolsa, burra. Eu perco tudo na merda. Da minha bolsa o tempo inteiro, aí. Depois de meses, eu. Acho. Eu acho, umas merdas que eu deixei na merda da bolsa, mofando. Chiclete, bala, papel, chaves, é. Um nojo a minha bolsa, não à toa, eu perco tudo. Tudo a todo instante e. Me esqueço. Preciso limpar aquele vômito imundo da louça, o chaveiro. O coração rosa enorme e. Era o, chaveiro que eu estava procurando, aquela. Merda rosa. É lá que está a, merda da chave, por que. O chaveiro não está na mesinha? É lá. Que está.

Achei. Agora ir até a porta, de novo, enfiar a chave na fechadura, virar e sair. Não posso permanecer aqui, sentada, no sofá, feito fotografia. Então. Do lado de fora, pegar o elevador. Apertar o T, de térreo. Aí descer no T, no térreo, e caminhar até a farmácia, são. Só algumas quadras, duas. Ou três. Não encontrar ninguém no caminho, então. Eu vou andar bem rápido, quando sair do prédio. Posso correr. Sair correndo, em vez de ficar parada aqui, no sofá. Sair correndo e chegar. Na farmácia. Talvez correr chame muito a atenção, eu. Não quero chamar a atenção, não. Caminhar. Rápido. Ir caminhando rápido, chegar lá e pedir um. Teste. De gravidez, não. Achar um teste de gravidez na prateleira, sozinha. E se alguém perguntar, se eu quero algo, digo que estou só olhando, que estou só olhando e vou achar sozinha o teste. Não, pode ser tão difícil. Depois, vou até o caixa pagar. Pagar. É preciso levar a carteira. Onde está? Na bolsa. Vou levar a bolsa, vou levar a bolsa, é. Melhor! Essa merda de bolsa onde eu perco tudo. Ninguém vai. Ninguém vai saber que é um teste, não dá. Para ver através da sacola. É. Depois eu, tenho que voltar. Para casa para. Fazer o teste é. Melhor voltar, rápido. Pegar o caminho mais rápido e. Vir correndo para não. Para não encontrar ninguém, aí. Uma vez dentro da merda desta bolsa, não, da bolsa não, na merda. Deste apartamento, fazer o teste. De gravidez... Lá no banheiro. Não aqui. Aqui no sofá não.

Chave número um: não entra. Talvez inverter o sentido, de ponta cabeça. As chaves têm sentido? Não entra. Não entra em nenhum sentido, nem assim, nem ao contrário, não é esta. Chave número dois: entra. A chave número dois entra. Agora roda. Não roda, a chave não roda, não vira. Não, vai quebrar, vou tirar. Eu entortei a chave, eu. Droga. Eu entortei a merda da chave. Para que serve esta merda? Quando Carlos chegar em casa. Quando ele chegar eu vou perguntar. Por que eu carrego tantas chaves? Tantas chaves suas dentro da minha bolsa e essa merda de chaveiro de coração, hein? Uma merda de chaveiro escandaloso, para que serve tudo isso? Eu poderia ter ficado trancada aqui. A chave está torta. Podia ter quebrado. Dentro da fechadura, eu ia ficar trancada. Aqui. Nesta merda desta bolsa, nesta fotografia, nesta casa, nesta merda.

Uma vez fora, Amanda permanece parada no umbral. Seria estranho pensar que a estão observando agora: seguindo seus passos, medindo seus pensamentos, farejando sua dor, mas ela pensa. Não há nenhum motivo para fazer o teste, a menstruação está atrasada, mas não seria a primeira vez, mais cedo ou mais tarde o sangue vem. De qualquer forma, não custa nada, é só fazer xixi, descobrir que não está grávida e.

O sol, na rua, é quente. Ela não sabe o que vê pela frente. Atropela faixas de pedestres, ciclistas e vizinhos, tanto na ida, quanto na volta. Dá sorte com as atendentes da farmácia, que nem a notam, ou então não fazem caso dela. Acha o teste perto dos contraceptivos e absorventes. Aproveita e compra um par de ambos para disfarçar. Sai da loja sem saber dizer se no caixa foi atendida por um homem, uma mulher, um adulto ou uma criança. No elevador, teste na mão direita, Amanda encontra consigo no espelho e não reconhece. Os ombros altos quase no queixo, as costas curvas desenham o avesso do arrepio, sobrancelhas amassam a testa, marcas de expressão e rugas inéditas prendem seu olhar àquele reflexo: opostas uma e outra, inertes na mesma intensidade. Agarram--se com uma só mão à barra. Apertam o metal gelado até quase machucar, as pálpebras, ainda arregaladas, observam os cantos dos olhos, as cores no nariz, as bochechas, os olhos veem os olhos.

O elevador chega ao seu andar e elas são incapazes de soltar a barra: não há certezas suficientes para mantê-las erguidas. Os pés formigam, as escápulas também. A porta do elevador se fecha e ele inicia o percurso de descida. Ela sente o aconchego do lugar que não é seu, fecha os olhos e solta o corpo no chão. Para sua sorte, chega até o térreo sem parar em nenhum andar. Evita abrir os olhos, ou vai ter de decidir o que fazer, e permanece ali.

O abandono plácido de Amanda é interrompido pela entrada de Seu João, o porteiro, que invade a redoma metálica.

— Oi, Dona Amanda.

Ela pula do chão, mas mantém os olhos escondidos no piso.

— Oi.

Ele entra devagar, a porta se fecha e a máquina permanece parada. Nem ele nem Amanda apertam nenhum botão.

— Tudo bem com a senhora?

— Tudo.

— Vai pra casa, Dona Amanda?

— Vou.

— Posso apertar o botão do seu andar?

— Pode sim.

— Tá certo, então. Lá vai!

— E você, pra onde vai?

— Pra lugar nenhum, Dona Amanda. Vim só ver se a senhora tava bem.

— Eu?

— É. Vi na câmera que a senhora não descia em nenhum andar, que tava jogada aí no chão. A senhora tá bem mesmo, Dona Amanda? Tem certeza?

— Tô, Seu João.

— Ah... Não parecia na câmera.

— Não, na verdade eu não tô bem.

— É, parecia na câmera mesmo.

— Mas eu vou ficar bem.

— Que bom, Dona Amanda. A senhora precisa de alguma coisa? Posso ajudar?

— Não, obrigada.

Chegam ao andar dela.

— Até mais ver, Dona Amanda.

O elevador se abre e João, na certeza de que ela sairia, aperta o T para que a máquina o leve de volta à portaria, abandonada devido à emergência que representava esta mulher jogada no chão. No entanto, ela não se mexe e o elevador volta a fazer o percurso de descida.

— Dona Amanda, a senhora não vai voltar pra casa?

— Vou.

— Quer que eu aperte o botão do seu andar de novo?

— Quero. Obrigada.

— A senhora sabe que o elevador tá descendo outra vez, né?

— Sei sim, Seu João.

— Aí só depois que chegar no térreo é que ele vai subir de novo.

— É, eu sei, eu...

— Os elevadores sempre se comportam assim, sabia? Primeiro uma coisa, depois a outra. Entendeu?

— Entendi sim.

— Sobem, descem, sobem de novo... Nunca sobem e descem na mesma viagem.

— É mesmo, Seu João.

— Se a senhora tivesse descido no seu andar, teria sido mais rápido, sabe?

— Eu sei.

— Então, quando chegar no andar da senhora de novo, a senhora vai ter que sair, se não ele pode acabar descendo outra vez e aí a senhora nunca vai voltar pra casa.

— Tá certo.

— A senhora não quer ficar subindo e descendo de elevador, quer?

— Não, claro que não.

— É que tem uns moleques que fazem isso só pra se divertir.

— Não sou mais criança.

— Eu sei, não é isso, não, Dona Amanda, eu sei.

O elevador chega ao térreo, ninguém entra e ninguém sai. João chega a acercar-se da porta, mas desiste:

— Olha, eu vou ficar aqui com a senhora até você descer lá no seu andar, pode ser?

— Pode.

— Se quiser, eu até seguro sua mão pra senhora sair.

— Não precisa.

Mantêm o silêncio por alguns andares.

— Tem certeza que não quer dar a mão?

— Tenho!

— Tá certo, então — respira alto. — Seu marido viajou, não foi?

— Foi.

— Trabalho, é?

— É.

— Volta quando?

— Amanhã.

— Sei. E é por isso que a senhora tá assim?

Ela mira de perto o porteiro, suas rugas, marcas de expressão, seus lábios secos. Olha seu rosto pela primeira vez. Sente carinho e raiva por ele, simultaneamente e na mesma intensidade.

— Muito obrigada, Seu João. O senhor é uma pessoa muito... sensível.

Abraça-o com distância, o elevador chega ao seu andar e ela sai.

Para diante da porta do apartamento: está aberta, esqueceu! Algo poderia ter acontecido, alguém ter entrado, o vento batido as janelas. Não. Nada disso ocorreu e Amanda sabe. Então entra. Não se lembra de ter feito um teste como este antes e, quando percebe, ao ler as instruções, parada, em pé, no meio da sala, que existe a possibilidade de erro no diagnóstico, dá-se conta de que deveria ter comprado um a mais, por precaução. Precaução, mas que palavra. Uma mulher precavida vale por duas. Ou prevenida, tanto faz. Seja como for, uma mulher deve tomar cuidado, sempre e até o final da vida, sob quaisquer circunstâncias. Lembra-se de que tem sede e vai até a cozinha, bebe três copos d'água sobre o chão molhado e deixa o copo na pia, ainda cheia de vômito, gotejando no ritmo do silêncio. Precisa lembrar-se de limpar toda essa imundície, assim que acabar. Bexiga cheia, é hora de urinar no teste a possível gravidez. É rápido e indolor. Cinco minutos e o resultado salta na tirinha branca: Carlos estava certo, outra vez.

PARTE II

Lembrava-se dos seus ombros mais musculosos; os lábios mal delineados do marido borram-se para além dos limites, não acabam. Puxam um novelo de conversa sobre a viagem, mesmo antes de guardar as malas, que não se desenrola.

— Tem cerveja gelada?

— Tem.

— Você pode pegar pra gente?

Ela hesita estática.

— Não quer beber, minha linda?

— Quero, vou pegar.

No álcool, dissolvem-se os meandros do final de semana, expectativas, imprevistos, muito trabalho e pouco lazer, ao que parece. Sócios, vendas, Carlos tem um daqueles cargos profissionais para os quais inventam um novo nome a cada moda do mercado, em inglês, é claro, para soar mais impressionante. Poucos entendem o que um homem em sua posição faz, mas muitos admiram. Como fala alto. Amanda assinala que, dado o final de semana inteiro trabalhando, ele deveria tirar uma folga nos próximos dias. Parece, no entanto, que as demandas andam altíssimas lá na empresa. Quem sabe depois eles não usam esses dias para viajar, hein? Quem sabe não adiantam as férias? Melhor mudar de assunto: o marido quer saber se a esposa sentiu sua falta. Quer saber se sentiu saudades, o que andou fazendo sem ele, se ficou bem sozinha em casa, se sofreu sua ausência. Ela quer dizer que achou mesmo estranho passar o final de semana sem ele, mas o que sai da boca é: "Eu fiquei com saudades", ao que ele anui com um "Eu sabia"; mesmo entendendo que saudade sequer se aproxima do seu sentimento, daquele, nem isso nem amor, só a presença de uma falta: o espaço ensurdecedor do silêncio. Senti assim como se alguém tivesse trocado de lugar os móveis da sala, sabe?, e então eu ficasse feito cachorro cego golpeando a cara contra lugares inesperados; ou como se tirassem a mesa de cabeceira do lado da cama; como se escondessem os chinelos que ficam perto da poltrona em algum lugar onde eu não pudesse enxergá-los e depois eu os achasse ali parados em cima da pia do banheiro, qualquer coisa do tipo, Carlos. Isso e mais: nada.

O marido está de bom humor: fala, mexe, articula, pergunta, espalha. Diz que se preocupou muito com ela, mas ela acha que ele não parece estar preocupado. Repreende sua falta de cuidado, só ela mesmo, cabeça oca, poderia cozinhar comida estragada e não perceber. Não tem como não passar mal desse jeito, né? Ela pensa em dizer que não passou mal por conta da comida, mas desiste, afinal, talvez tenha sido isso mesmo, não só a gravidez, algo lhe caiu errado, não só o feto, os legumes não estavam tão frescos; na dúvida, cala.

Ele pergunta se ela tem lido, apontando o livro jogado sobre a estante, ela meneia um sorriso afirmativo e pensa em contar sobre o enredo — o drama de uma mulher casada que deseja trair o marido, mas cuja culpa a consome tanto quanto o desejo — desiste logo que imagina a cara de Carlos ao saborear tal narrativa e então apenas comenta:

— É sobre uma mulher que gosta muito de ler.

— Só isso?

— Só isso.

— Dá pra escrever tantas páginas assim sobre isso?

O marido então emenda no silêncio uma anedota que envolve o final de semana de trabalho, os amigos da firma e um telefonema. Tudo o que ele diz se derrama em tom jocoso pela sala. Amanda não sabe se as brincadeiras agradam ou incomodam; às vezes ri, deixa-se levar pelo bom humor dele, inveja o bom humor dele, um tanto inesperado para quem acabou de rasgar seu tempo livre trabalhando, quasc incômodo, mas, na verdade, está cansada e a embriaguez fácil acentua o estado. E afinal não é admirável alguém que trabalha um final de semana inteiro e ainda volta para casa assim cheio de si? Não há do que desconfiar. Carlos é um homem dedicado ao serviço, gosta do que faz, claro, "admirável" é a palavra certa.

Nesta noite, eles dormirão mais próximos, tentarão até adormecer abraçados, mas, dado o desconforto da posição, vão contentar-se com o calor de um corpo que só se encosta ao seu. Resvala, mas não agarra. O barulho que a madrugada faz e os sons do escuro vão tomar conta da cama. Na manhã seguinte, quase junto ao sol, ele despertará levíssimo e sairá sem bater a porta.

O interfone fisga Amanda do sono. Levanta, desterrada, e quase cai. Chuta a quina da cama, o dedo sangra, mas ela não percebe. A dor faz cair uma lágrima distraída, ou o choque do ar matinal nas retinas surdas.

— Alô?

Observa, vista embaçada de sono, o dedo que dói.

— Bom dia, Dona Amanda.

— Bom dia, Seu João.

Coça os olhos, mas a mão parece espalhar opacidade, ao invés de limpar a vista.

— É o Antônio.

— Quem?

— Antônio perguntando se pode subir.

Ela cala, fecha os olhos, pesca informações na memória, o nome não é estranho. Carlos deve ter algo a ver com isso. Eu, com certeza, não. Ou sim? Esqueci outra vez de alguma coisa? O chão... deve ser algo relacionado ao piso.

— Pergunta se é do piso, por favor.

— Como é, Dona Amanda?

— Do piso. Pergunta se ele veio pra trocar o piso.

Se não for do piso, agora vai dizer que é. E se for um ladrão, um estuprador, um homicida, um maluco? Eu posso ter esquecido, pra variar, Carlos me avisou e esqueci.

— Foi sim, Dona Amanda, por causa do piso.

— Certo, manda subir.

Num reflexo, troca do interfone na direita para o telefone na esquerda. Carlos não atende e, como em resposta aos dois telefonemas seguidos que ela faz, a campainha soa. Abre a porta sem pestanejar o olho mágico. Antônio, de seu lado do umbral, permanece e ela não entende. Alto ele é, mas não parece muito forte, um pouco forte sim, tem uns olhões arregalados, ombros largos. Sem dúvida poderia me fazer mal, se quisesse, mas está aí congelado. Amanda testa a nitidez da vista piscando um par de vezes. Desencaram nos segundos que antecedem o começo de um diálogo.

— Bom dia — abaixa a cabeça para dirigir-se a ela.

— Bom dia — inclina a cabeça para constatá-lo.

Seguram-se cada um do seu lado da porta. Um ladrão pouco determinado, este! Pouco incisivo. Vai ver é pedreiro mesmo. Pedreiro? Como é que se chama a profissão de quem troca pisos? Acho que eu preciso convidar para entrar. É só Antônio, o pedreiro, ou o marceneiro, ou sabe-se lá.

— Pode entrar, fica à vontade.

Ele engole o ar e quase passa por cima dela. Ela fecha a porta achando o tal Antônio meio mal-educado.

— É a sala que vai trocar, né, Dona?

— Não sei.

— Não sabe?

— Quer dizer, é meu marido que tá vendo isso.

— Mas a senhora não sabe de nada?

Ela olha para ele através do silêncio. Recupera: ele não me mandou nada, não me mandou, eu pedi, Carlos, manda por e-mail, mas ele não fez isso, não me disse sequer que este homem estaria aqui hoje. Agora, não sei o que fazer com ele no meio da minha sala, nem com o piso. Pelo menos, ele não é um assassino. Eu acho. Mas eu não sei de nada.

— A senhora quer que eu ligue pro Seu Carlos pra conferir?

Não é mesmo um assassino, sabe o nome do meu marido.

— Não, eu já liguei, ele não atende.

— Bem, Dona, eu posso ir dando uma olhada aqui na sala e vocês veem como preferem depois... Assim já passo o orçamento pro seu marido logo, é coisa rápida.

— Mas é que eu não sei...

— O Seu Carlos me mandou mesmo só pra eu dar uma olhada, tirar as medidas e fazer o orçamento. Era a sala que ele tinha me dito, eu lembro. Se a senhora deixar, eu faço o que eu tenho que fazer e depois passo pra ele as informações.

— Claro.

— Aí ele decide como vai querer.

— Não é só ele quem decide.

— Mas a senhora disse que era ele quem sabia das coisas.

— É ele quem sabe, não quem decide.

— Eu só vim fazer o meu trabalho.

Antônio carrega uma mala de instrumentos que parece estar pesada, demonstra querer começar sem delongas, tem certa ansiedade de realização e um olho inquieto, perscruta o ambiente, mede de olhada o piso, as janelas e, claro, Amanda.

— O que acha de me passar o telefone da senhora? Assim eu posso mandar as informações.

Ele mira as pernas dela, sem se deter, várias vezes, entre um objeto e outro da casa, não deixa de passar o olhar também pelos seus seios, mas não olha seus olhos de jeito nenhum.

— Acho que não precisa. Fale só com o meu marido e tá bom.

— Tem certeza?

— Tenho

— Vou fazer as medidas então, já já eu termino.

— O senhor quer alguma coisa? Uma água?

— Eu aceito.

Ele se abaixa para apoiar os instrumentos no chão e então começa a medir o cômodo. Desde baixo, olha para o corpo dela cheio de sede. Uma gota de suor escorre dos seus seios até a calcinha. Calcinha? O que eu estou fazendo de calcinha? E de blusa, sem sutiã. Os bicos dos seios marcando o tecido intumescem e aparecem ainda mais, quando se dão conta de estarem à mostra. Esqueceu-se de botar uma roupa. Pulou da cama direto para o interfone e então para a porta. Como seria possível esquecer de. Algo como me vestir? O que vou? Dizer para ele. Esqueci-me de colocar a roupa, meu senhor, não tinha a intenção de provocar? Deve pensar, é claro que pensa, como não pensaria?, que estou assim por causa dele, para ele. E como achar outra coisa? Preciso trocar de roupa, ou melhor, botar uma. Burra.

— Olha, deixa pra lá. Volta outro dia. Outro dia que meu marido estiver em casa.

— Mas foi ele mesmo que mandou eu vir hoje.

— Você volta outro dia e acerta isso com o Carlos. É coisa dele, ele vai te pagar.

— Calma, Dona — enquanto fala, chega mais perto dela e agora a olha de cima. — Aqui é coisa rápida, em dez minutos eu acabo, a senhora vai ver.

— Tá certo, então. Mas eu preciso que o senhor termine isso rápido e vá embora. Lembrei que tenho um compromisso.

O cheiro doce do desodorante e o gosto acre do hálito.

— Ele não te avisou que eu vinha?

Acaricia as pernas dela com os olhos, ela sente o olhar dele pelas suas coxas, passeando devagar delas para a virilha, então para a calcinha, úmida. O quê?

— Não, ele não me avisou.

Se afasta dele e outra vez bate o dedo que sangrava no pé da mesa. Dói. Aperta os lábios contra os dentes, esconde os olhos no peito.

— Entendi. A senhora é dona de casa?

— Não.

Amanda se vira em direção à cozinha e no caminho percebe o quanto deixa o seu corpo no trajeto, de costas para ele. As mãos suam, extensões do corpo quente, quase não consegue manter o copo embaixo do filtro, escorrega entre os dedos molhados. Espera passarem alguns minutos antes de entregar a água, quem sabe assim não esfria, quem sabe assim não dá tempo de acabar o serviço. Cogita ir até o quarto para botar uma roupa; pensa em sair correndo de um cômodo para o outro, mas acha que a cena seria ridícula; talvez explicar seja pior; entrega do jeito que está. Antônio bebe de um gole só, ela se arrepia ouvindo sua garganta.

— Amanda, né?

— É.

— Prazer, Dona Amanda. Pode ficar tranquila que eu volto outro dia pra terminar o serviço.

Mão grande, dedos grossos, rosto áspero, largo e rígido. Uma gota de água escorre no canto da boca. Dá-se conta de o estar encarando e emudece.

— Até mais — ele diz entre os dentes que riem. — Vou passar o orçamento pro Seu Carlos.

— Certo. Obrigada.

De costas para a porta recém-fechada, observa o dedo do pé sangrando. Escuta enquanto o elevador desce até o térreo, em sincronia com a respiração que vai amansando. A voz grave de Antônio ainda ressoa pela casa e em sua calcinha. Poderia ter colocado uma roupa antes de entregar a água, burra!, pegar qualquer uma na área de serviço, um short ou um vestido. Um short... E afinal eu não dormi de pijama? Eu não. Usava a parte de baixo do pijama quando fui dormir, eu? Então. O quê? E. Esqueci? Como? Tirei. Devo. Ter esquecido de. Era só. O que me faltava, mas, ainda assim, tenho quase certeza de que, não sei.

Fecha a ducha, abaixa-se no box e observa o ralo manchado de fios. De cócoras, depenada, agarra o tufo, encara, espantada-se com a densidade dele. Gruda o tufo no azulejo. É mesmo como o próprio cabelo, vê a cor, é a mesma, e a grossura, também, o comprimento é o mesmo. Então só pode ser meu. Olha em volta o box e o piso, tentando encontrar mais rastros de si, cata um ou outro fio e gruda na parede. Permanece ali olhando os próprios restos até que surge a curiosidade por saber sua imagem no espelho.

Diante de si, os cabelos pendentes molhando o rosto e as omoplatas, mostra o couro cabeludo para seu reflexo, ralo, falho, separa as mechas para um lado e para outro. E como é que eu não notei antes que vinha caindo assim tanto? Da minha cabeça. Não tenho mesmo percebido. Nada. Ou posso ter percebido e esquecido, é assim, nada para na minha cabeça. E ele vai cair, cair até eu ficar careca. Ou as memórias é que vão cair do cérebro até que não restem mais informações, até que eu não possa mais reter nada no meu corpo.

Uma mulher careca. Talvez eu precise fazer alguma coisa para resolver isso. Posso raspar a cabeça e fingir que decidi mudar o corte, ou. Raspar o cabelo e andar por aí feito um homem; quem sabe me vestir feito eles, ser Carlos, Antônio, João e não ter mais cabelo, nunca mais, nem menos. Sem memória, não fará mesmo diferença quem eu fui, quem eu serei, quem. Usar sempre calças largas e nunca saias ou vestidos. Sorri para si, dá risada, escuta a risada ecoar no azulejo, fecha a boca, mostra os dentes, a língua, cospe na pia.

Volta ao box outra vez para se certificar do que viu. Observa o tufo que deixou ali preso. Lembra-se de sua mãe, do cabelo de sua mãe, da última vez que a viu e percebeu o quanto já estava ralo. Engraçado. Vai ser engraçado. Uma mulher careca deve se sentir pelada. Um homem não? Quanto tempo leva até caírem todos os fios? Ou sempre vai ficar um pouquinho, uma penugem, uma leve redenção, um alívio? Se eu não tivesse cabelo, Antônio iria olhar para as minhas pernas? João ia me acolher no elevador? Carlos ia se casar comigo e me fazer um filho? Uma mulher sem cabelo parece mais um homem ou um bebê? Gargalha como se não fosse mulher, tira de entre os dentes um fio de cabelo ou um pelo.

Com o secador queimando o couro, de volta ao seu reflexo, vai desembaraçando com as mãos o cabelo. Acaba arrancando um outro bocado entre os dedos. Quando se dá conta disso, desliga o secador e pensa se não é desta forma que ando ficando careca: arrancando os fios entre os dedos, lavando, penteando antes de dormir. Ou estão caindo por vontade própria, lançando-se para fora do meu corpo. Percebe de uma forma inédita, recebe a sua imagem de uma forma inédita, como se então, de repente e para sempre, algo se tivesse transformado, como se a queda de cabelo não fosse um processo, mas uma ocorrência. Ou como se saber fosse o acontecimento. O que vale mais: ser ou saber-se? Estou. Ficando careca. Preciso contar para o Carlos, ligar, dizer, contar, falar do Antônio, do cabelo, pedir ajuda. Preciso muito. Do Carlos, da ajuda dele, da mão dele. Que ele me diga o que fazer, me oriente, me leve a um médico, brigue com o pedreiro, comigo, com quem for, mas. Eu estava de calcinha, não estava? Não dá, para passar ileso por uma mulher, de calcinha, por uma mulher, sem cabelo, não; ele é só um homem, um pedreiro, só um homem, não foi nada, Carlos. Está tudo bem. Viu? E, se caírem todos os meus cabelos, se. Eu arrancar todos os fios, se. Eu ficar completamente careca, Carlos, aí quem sabe eu não precisarei mais de você, quem sabe, se eu fosse um homem, mas. Eu preciso precisar.

Com o cabelo úmido e solto, ficam ainda mais evidentes as falhas. Usando um elástico, suspende um rabo de cavalo. Olha-se de perfil, está torto. Arranca o elástico e com ele alguns fios. Mira o que resta de si no espelho, tenta ajeitar-se sem arrancar mais nada do próprio corpo, depois deseja arrancar tudo o que for possível do próprio corpo, o próprio corpo do próprio corpo, a cabeça, os olhos, os dedos, os braços. Arrancar o braço do ombro, o corpo das mãos, os mãos dos pés, os pés da cabeça, a cabeça. Arrancar, tirar tudo, não ter, não.

Olha para cada um dos seus buracos, cada uma das suas brechas, vê a boca, encara as narinas, olha os olhos, enxerga os ouvidos. Agora eu tenho mais alguns para a coleção, mais algumas falhas e buracos e fendas, em lugares em que não é possível ter buracos eu tenho buracos. Não só o nariz, as narinas, os olhos, a boca, os ouvidos, o umbigo, o cu, a boceta, mas umas faltas, umas ausências no couro cabeludo, na cabeça dentro dela, uns buracos de cabelo, mais. Um lugar no meu corpo onde. Está faltando alguma coisa, um. Espaço para preencher, quem sabe. Quem sabe Carlos possa me ajudar, hã? É a função dele, não? Ocupar provisoriamente e depois. Sair e. Voltar e. Ir para fora e. Entrar. Penetrar todas as minhas concavidades, os meus buracos e cavar mais concavidades e mais faltas e mais buracos e mais fendas, para que eu precise de novo que ele as preencha e de novo cavucar e abrir para ocupar e desocupar tudo que há em.

No reflexo, uma versão de mim. Uma versão de mim. Assimétrica, em desacordo, afônica, pálida. O braço direito maior do que o esquerdo, o peito esquerdo mais caído que o direito, e cheio e gordo e flácido; um ombro que pende demais e cai, o outro mais perto do ouvido, da cabeça; uma sobrancelha mais tensionada, um olho mais caído, desacordos e dissonâncias que alicerçam um edifício oco a ponto de. Ruir.

Tinha decidido dar uma volta, mas já não sabe mais se conseguirá pôr o pé na rua; o constrangimento me deixou pequena, não sei se alcançarei a maçaneta, se consigo. Quem sabe. Na rua não passo por uma loja de cosméticos, um salão de beleza, um consultório, uma esteticista, alguém? Um profissional especializado que possa me ajudar a ter. Os meus cabelos de volta que me preencha de uma nova forma, não. Posso me esquecer da. Me lembrar de tirar o. E também. É. Um sapato apropriado, roupas, botar as roupas apropriadas, não é. Bom sair de casa de toalha e sem sapatos e sem cabelo. Colocar roupas, sapatos, cabelos, passar numa loja de cosméticos. Fazer alguma coisa. Sair de casa. Não esquecer. Não ligar para a minha mãe. Não pedir ajuda a Carlos. Apesar.

Para na primeira loja de cosméticos e perfaz todas as prateleiras. Mesmo que eu já tivesse notado e mesmo se. Eu soubesse, se eu fosse alguém que. Se lembra. Mesmo. Não procurei por ajuda. Antes. Não tem nenhum produto para queda de cabelos nos armários do meu banheiro, no box, na pia, é claro que eu não me esqueceria de algo tão importante.

Anda indecisa pelos rótulos e pelas atendentes, uma delas tenta sorrir em sua direção, mas Amanda esconde o olhar: não há nada mais constrangedor do que a simpatia compulsória. E mulher nenhuma quer perder cabelo, mulher nenhuma quer ficar careca, não mesmo. Não é uma questão de vaidade ou. Talvez seja. Uma espécie de vaidade, talvez. A vaidade de ser mulher.

Agarra uma cesta onde joga produtos que acredita poderem ajudar em seu caso: crescimento dos fios e estimulação do couro cabeludo. Digita a senha do cartão sem olhar o valor e sai com sacolas pesando nos braços. Pela rua, deambulam os pensamentos e as pernas não tem destino. Põe-se a escutar a cidade e isso faz com que ela ande cada vez mais devagar. Ouvir o barulho intermitente da rua de dia e a surdez claustrofóbica da madrugada. Reconhece, vez ou outra, os lugares por onde passa e pousa para observá-los. Abre e fecha a sacola para verificar se não deixou nada para trás.

Um letreiro vermelho pintado na parede bege diz "Fábio's". Tem nome de homem, mas, ao que parece, o público é feminino: "hair, beauty and makeup" em letras garrafais, assim mesmo, em inglês.

Abafado por duas cortinas de renda e duas manicures, ali está ele, deve ser o Fábio, único homem no salão de beleza. Não é preciso aproximar-se da porta para percebê-lo, gerencia o negócio com seu olhar de longa distância, um tiro que atinge todos. As pontas dos dedos não param de deslizar, pelos, cabelos, pelos rostos das mulheres, pelas bancadas e produtos; para consertar e deliberar; tem mãos que reparam e curam.

Fábio posiciona a cliente com gentil certeza sobre a única cadeira giratória diante do largo espelho do seu espaço de beleza, como ele o chama. Tudo aqui é inesperadamente familiar: o café coado exposto na térmica contrasta com o papel de parede floral perolado; este, por sua vez, cobre apenas a metade superior de uma das paredes do salão, o que torna impossível saber se o material acabou durante o processo de aplicação ou fizeram-no assim por escolha; a cadeira principal, cujo estofado imita couro, já está gasta na beirada e tem alguns rasgos no meio do assento, assim como acontece com o sofá de dois lugares, logo abaixo do papel de parede; o sorriso de Fábio, mais do que tudo, aparenta um arredio acolhimento, o salão evidencia um sonoro sinta-se à vontade, mas nem tanto. Amanda deseja gravar cada um daqueles detalhes para si: a térmica prateada em cima do móvel branco ao lado da bancada bege; a cadeira giratória preta e prata, em frente ao sofá marrom, no qual se senta a manicure loira; as cortinas de renda branca, que já estão beges na face frontal por conta da ação do sol; janelas limpas. Ao enxergar, pela primeira vez, esses detalhes, apropria-se como quem recorta, assenhora-se: é meu, aqui tudo que eu vejo é meu e de mais ninguém, nem do Fábio ou do Carlos.

— Vamos fazer o que hoje?

— Eu tenho perdido muito cabelo.

— Assim de uma hora pra outra?

— Mais ou menos.

— Como assim?

— Na verdade, eu não sei quando começou a cair.

Ele manuseia sua cabeça.

— Como é seu nome?

— Amanda.

Apalpa o couro cabeludo e o pescoço, o toque dos dedos é delicioso.

— Amanda, a sua alimentação mudou por algum motivo?

— Não.

— Na sua casa as pessoas comem bem? Você é saudável?

— Sim — não fica claro se Amanda sabe responder à pergunta.

— E o estresse?

— O quê?

— A queda de cabelo às vezes tem a ver com essas coisas, sabe? Com fatores emocionais, ansiedade, estresse. Com o que você trabalha?

— Na verdade, eu não tô trabalhando neste momento.

— Mas qual sua profissão? É formada?

— Sou formada, mas não atuo na área.

— Dona de casa?

— Não.

— É difícil mesmo, às vezes a gente precisa se reencontrar. Você é casada?

— Sim.

— Entendi então.

Tenta conservar na memória a sensação do couro cabeludo sendo massageado, não quer se esquecer deste prazer, quer mais.

— Vem cá, que tem aí nas sacolas?

— Umas coisas que eu comprei pro cabelo.

— Posso ver?

Ele abre e observa seu conteúdo, em seguida, espalha os recipientes com cores e formas diferentes pela bancada, separa os produtos em duas categorias. Amanda pensa que Fábio se movimenta de forma elegante: tem gente que é bonito ver existindo.

— Tá vendo esses produtos da direita?

— Sim.

— Esses prestam, são bons. Agora, esses da esquerda pode jogar fora.

— Ah…

— Olha só, você comprou um monte de produtos que têm o mesmo efeito, servem pra mesma coisa: tônicos, shampoos, condicionadores... Não adianta comprar assim. Você acaba gastando dinheiro à toa. Você mora por aqui?

Amanda não sabe com precisão onde está, mas deduz: como cheguei a pé aqui, devo estar perto de casa.

— Ótimo, eu vou te ajudar a dar força nestes fios, a fazer eles crescerem, vamos cuidar deste couro cabeludo também. Primeiro, eu vou fazer um tratamento com uns produtos que eu tenho aqui, depois, vou te ensinar a passar cada um desses que você comprou. Pode ser, Amanda? Podemos começar?

— Claro.

Usando luvas pretas e uma máscara branca, prepara uma emulsão que diz ser um fortificante. Aproxima-se de Amanda prestes a aplicar a pasta de odor forte, mas ela o interrompe.

— Eu tô grávida.

— Como é?

— Grávida, você acha que pode ter a ver com isso?

— Se você não dissesse, não teria como saber... Nem dá pra ver.

— É recente.

— Quantos meses?

— Poucos.

Fábio afasta o fortificante de Amanda, tira máscara, luvas e puxa um banquinho para se sentar ao lado dela.

— Bem, olha, na verdade, na gravidez, as mulheres costumam ficar com os fios ainda mais fortes e o cabelo mais bonito — ela não sabe como armazenar essas informações e nem onde alocá-las: frustração, tristeza, surpresa, raiva? — Mas, claro que existem as exceções. Eu não sou médico. Você precisa procurar um médico. Já falou com a sua obstetra sobre isso?

— Não, nunca falei com a minha obstetra.

— Nunca falou com ela?

— Sobre isso.

— Ah — ele olha para ela como quem vê um bicho exótico e feio. — Tem mais uma coisa: grávida você não vai poder usar muitos destes produtos. Nem dos bons. Grávida não pode com nada de química, tem que tomar cuidado, entendeu? A química entra pelo couro cabeludo e se espalha pelo seu corpo, onde está o bebê. Nada de tintura ou outros químicos fortes pra você, por enquanto. Só alguns dos shampoos e condicionadores que você comprou, senão passa tudo de ruim pra criança.

Ela imagina como seria se todas as alterações no corpo de uma mulher grávida se refletissem no corpo do feto. Se fosse possível escolher a cor da pele, dos olhos e dos cabelos, o que eu faria? Como seria o bebê ideal? Sei que se eu pudesse escolher o sexo, teria uma menina, com certeza. Talvez a trouxesse para conhecer o salão, Fábio deve ser bom com crianças e eu não, eu não sei se eu sou boa com crianças, eu não sou. E se eu tivesse um filho assim como ele, exatamente, o que eu faria? Como seria cuidar deste menino Fábio, da criança que ele foi? E Carlos, como era quando criança, como será a criança de Carlos?

— De qualquer forma, eu posso te ajudar, viu? Só acho que você deveria consultar o seu médico também.

Ele pega uma sacola e nela separa somente os produtos adequados para ela, uma mulher grávida. São poucos.

— Não quer que eu faça uma escova, já que você tá aqui? Não perde a viagem.

— Não, obrigada.

Ela tem vontade de permanecer mais algum tempo, deixar que ele toque mais os seus cabelos e sua nuca, por isso não se levanta, esquece-se de ir embora.

— Tá tudo bem, Amanda?

— Sim.

— Quer um café? Um copo de água, querida?

— Não, obrigada.

Encaram-se ambos através do espelho, queria saber o que ele vê quando olha para mim. O cabelereiro parece não entender por que ela permanece sentada, olha para ela, para o lado, balança as pernas, sorri de escanteio, pigarreia, sorri de novo; sua cliente continua sem se mexer.

— Tem certeza que não quer fazer uma escova?

Carlos vai estranhar quando chegar em casa de cabelo liso.

— Na verdade eu quero.

Aliás, como pode ser que ainda não tenha me ligado? Onde está o meu celular? Procura nos bolsos, na bolsa, enquanto o cabeleireiro se prepara, e não encontra. Deixei em casa, esqueci. Esqueci outra vez, Carlos. Fábio a chama para a lavagem.

O bebê está bem, nem se mexe ainda, só me dá. Umas cólicas e causa umas dores, é. Quase uma doença, uma menstruação, um. Cansaço. Um órgão novo e disfuncional que cresceu entre minhas vísceras e cutuca seus vizinhos. Um tumor, uma. Indigestão. Eu. Preciso me levantar. Já estou há um tempo deitada no sol. Faz bem ou faz mal para o bebê tomar sol? Seria o feto uma menstruação melhor organizada? Ele é quase uma menstruação, a vida é uma menstruação-quase. Veja só, eu já me refiro a ele, a ela, a isso, como se fosse um alguém. Difícil dar um nome para a minha barriga. Já é um bebê essa indigestão, uma pessoa? Ela se levanta. Os olhos averiguam alguma árvore com uma sombra mais ampla; quando encontra, caminha até o lugar escolhido e senta-se.

No parque, há crianças sobre a grama, suas mães, seus pais e as babás. As famílias ocupam somente o território específico ao qual estão circunscritas, seu perímetro de atuação não deve invadir o das outras crianças, mães, pais e babás. A não ser que, gentilmente, uma criança e outra se aproximem e resolvam brincar entre si, por espontânea curiosidade, assim como costumam fazer as crianças. Há muitas delas pelo parque. Duas encontram-se e iniciam contato, é gracioso.

Recebem tutela distanciada dos progenitores que então se sentem triplamente preocupados: pelo filho, pela criança que pode vir eventualmente a brincar com seu filho e pelo adulto que acompanha a criança que pode vir eventualmente a brincar com seu filho.

Tem um quase alguém como estes aqui. Tomara que seja bonitinho como eles. Um alguém que vai ser como estes. Ou não. Bonitinho. Ou não. Que segue o tempo inteiro chegando mais perto de ser como um deles, pelo menos. Em mim. Em silêncio. Em completo silêncio. Tamanho silêncio. Um alguém que, para ser como um destes um dia, hoje se alimenta do meu corpo. O tempo inteiro. Ser como eles é o seu objetivo e, para isso, alimenta-se de mim enquanto estou acordada, me come enquanto estou dormindo, enquanto eu como, enquanto sou. Cresce da minha própria e por conta da minha própria carne, alguém que é a minha própria carne e só. Nada além de minha própria carne, por enquanto. Um pouco como eles. E eles? Seguem por quanto tempo sendo somente um pedaço da carne da mãe?

Um casal de adultos saca seus celulares e tira fotos do filho. Um outro casal imita o primeiro e eles travam contato visual, o que os leva a uma conversa amigavelmente desconfiada. Quando foi que eu autorizei isto a se alimentar do meu corpo? Quando foi que eu autorizei o meu corpo a produzir uma orelha, um fígado, um pâncreas para outro ser? Um outro corpo. De forma autônoma. Um corpo que depende do meu corpo. Carlos. Foi Carlos quem autorizou? Carlos, minha memória, pensamentos, olhos, olhar. Carlos, minha pele, carne e útero. Carlos um pedaço de si em mim. Carlos um pedaço de si que vai se juntar a uns pedaços de mim e formar um pedaço de nós. Pedaço de nós que não é Carlos que não sou eu. Mas é produzido por mim, o tempo inteiro, e só por mim. Onde termina Carlos e eu começo? Um pequeno pedaço de carne que foi dele e seguirá crescendo na carne que é minha. Terá seus olhos, sua pele, sua cor? Eu gero, eu alimento, eu. Terá meu rosto, meu nariz, meu dorso? Porque está em mim e se nutre só de mim. Não dele. E não há muito que ele possa fazer para impedir, ou. Ajudar. Como são bonitinhos, tão bonitinhos.

Após alguns minutos de uma afável conversa, confortáveis, vez ou outra, os adultos distraem-se e deixam as crianças brincarem sem a tutela de sua desconfiança. E eu vou me alimentar e respirar e viver pelo bebê até que. Ele tenha pernas, braços e força suficiente para. Reclamar o próprio direito de vida e sair de dentro de mim, mas. Mas ainda assim, ainda assim, quando sair de dentro de mim, seu desejo de vida vai precisar ser mais contundente do que seu medo do mundo. Porque ele vai ter medo do mundo. Do que não conhece, do que nunca viu e se esconder em mim e. Vai ser ainda um pedaço de mim, de nós, e se reconhecer em mim e se afogar em nós e. Será preciso dar atenção ao direito de vida que ele manifestar sempre que o manifestar, o mesmo impulso que o empurrar para fora do útero, isto é, o incômodo, o choro, o desconforto. O desejo de vida é um incômodo. Um desconforto. Uma reclamação. Uma frustração. Ter um corpo, morar num corpo, morrer num corpo. Uma frustração que o empurrará para fora de mim. Que o separará de mim. Repetidas vezes durante a vida num movimento permanente. Para nascer é preciso chorar.

As crianças aproximam-se de mim sem querer, mas, quando percebem o corpo aqui sentado, logo saem correndo, rindo. Ela tem vontade de correr com eles, participar da brincadeira como se tivesse o tamanho de uma criança. Nem percebe que sorri. E ainda assim, ainda assim, talvez seja como esses, que vivem colgados nos progenitores e sugam, sugam seus seios, seus seios e não só; mas mamam as crenças, medos, ignorâncias, todos os preconceitos e principalmente as maldades. Também seu tempo e vitalidade. Sugam e mamam os pais durante toda a vida, até que um dia sejam os pais que venham pedir o troco; até que seus pais envelheçam, definhem e arrastem o sopro de vida que possuírem até o último instante, até eles poderem. Até poderem esfregar na cara dos filhos toda sua velhice e doença, até poderem culpabilizar e cobrar o troco por toda a juventude perdida em nome da, de, do. Vão voltar a ser crianças e mijar nas calças e passar a conta e quem sabe mamar em seus filhos até que eles tenham de enterrá-los e não consigam sequer sentir alívio porque.

Ser mãe, o que é? Além de manter-se viva a todo custo ou a todo custo manter todos os outros em volta de si vivos? É alimentar da própria carne a própria carne? É ser carne? Por quanto tempo enfim e? Por que tantos pensamentos? Essa enxurrada. Não sei, parar de pensar. Tudo. Que esteve.

Em. Agora. Aqui. Antes. Tudo. Sai. Por onde? Vai. Para onde? Passa. Não.

Os adultos e seus filhos parecem felizes, brincam e sorriem, protegendo-se do sol. Às vezes a babá se aproxima com água ou protetor solar, é graciosa a dança de atenções que se estabelece entre eles. As crianças, os adultos e sua preocupação constante em prover tudo a todo tempo. Amanda aproxima-se um pouco das famílias, quero observá-las de perto, ouvir o tom de voz dos adultos, a presteza das babás, a. Eles acenam para ela, estão orgulhosos, na certeza de que a estranha para quem balançam as mãos admira a beleza dos meninos que brincam. Eu retribuo o decoro.

As crianças às vezes passam por mim, esbarram sem querer, outras vezes ameaçam me interrogar. Os pais, conversando, permitem-se por momentos pertencer a si mesmos. Numa dessas deixas, Amanda chega perto de um dos meninos e o empurra pelas costas, com intensidade suficiente para apenas desequilibrá-lo em direção ao chão. Ele cai, chora olhando para mim como se estivesse machucado e, sem demora, algum adulto dispara em direção ao seu chamado. Enquanto está em curso o atendimento, começo a correr.

Os adultos duvidam do que viram, mas a confirmação da babá vem para inflamar a raiva de pais cujas crias foram feridas de forma tão inadvertida e covarde. Quando confirmam que a simpática estranha empurrou o menino e saiu correndo, não os parece haver outra coisa a fazer além de ir ao encalço do mau elemento: sem dúvida algum tipo de doente ou maníaca. Será preciso tomar as devidas providências e reprimi-la antes que ela saia por aí atacando outras crianças e quiçá fazendo coisas piores do que derrubá-las.

Corro, tropeço, resfolego, me divirto. Fujo! Lá vem eles atrás da doida! Mas eu vou encontrar a saída antes de vocês me pegarem, viu? Ninguém me pega! Uma saída alternativa, uma portinhola, vou me esconder numa árvore e vocês nunca vão me achar. Sinto muito, demoraram demais para reagir e agora eu já estou longe! Não acreditaram no que viram, não é? Uma mulher tão boazinha empurrando uma criancinha. Como pode ser? Onde já se viu? A chapeuzinho vermelha virou o lobo mau, mas que absurdo. Merda, lá vem eles. Eles também sabem correr. Foi sem querer, eu preciso dizer que foi sem querer.

Ela sabe que não empurrou sem querer. Claro que não foi sem querer. É verdade. Não foi e foi bom por isso. Porque eu quis. Foi muito bom. Derrubar o menino e ver a cara dos pais, sair correndo depois, que delícia. Ainda deu tempo de ver a cara deles! Todos arrumados e bonitinhos e a cara. O que eu queria era isso, é verdade, o que eu queria. Ver na cara deles como sentem-se quando seus filhos são vilipendiados bem debaixo dos seus narizes. E como pode um menino daquele tamanho, que mal sabe andar, viver, se comportar, como pode estar assim tão bem-arrumado?

Corre, ofegante, e ri, enquanto procura a saída. Gargalha. Um dos pais ainda a persegue, mas uma espécie de preocupação o retém junto ao filho, distante, um elástico que se estica e periga estourar. Corre atrás dela indeciso, para, anda, olha para frente e para trás. Apesar de terem dito que ele está bem, não sabe se acredita que o menino não se machucou.

E se por acaso me alcançarem eu direi: sim, meu senhor, minha senhora, eu derrubei vosso filho de propósito. O que hão de fazer, hã? Com uma mulher que empurra uma criança? Não há o que se possa fazer, meu senhor e minha senhora! Não há! Além do mais, estou grávida, eu. Preciso. Achar. A saída.

Me escondo atrás da árvore para ver se continuo sendo seguida. Ninguém. Nem mais um adulto em meu encalço, não escuto o choro da criança, não me alcançaram! Amanda ri sozinha, estou eufórica. Já começa a escurecer, como é tarde! Ela está na direção certa, tropeço só porque não tenho mais forças nas pernas, mas está bem, encontra um portão estreito, ufa!, é claro que eu não sei onde estou, me esqueci de saber, e ri.

— Onde você tava?

Carlos agarra com todo o corpo a imagem dela.

— O que aconteceu, Amanda?

— Oi, Carlos.

— O que aconteceu?

— Nada.

— Não é possível que não tenha acontecido nada. Onde você tava?

— No parque.

— Esse tempo todo no parque? Que parque?

— Como assim "esse tempo todo"?

— O porteiro me disse que você saiu de manhã. Aí eu cheguei em casa do trabalho e você não tava. Liguei, liguei, liguei e ninguém atendia. Acabei achando seu celular jogado no banheiro, no silencioso, claro. Por que você deixou o celular em casa?

— Esqueci.

— Não sei por que eu ainda pergunto. Tira esse celular do silencioso, pelo menos, se tivesse tocando, eu teria ouvido logo. O que tem na sacola?

Amarrou a sacola com os produtos para o cabelo na alça da própria bolsa, três nós, para não perdê-la, para não esquecê-la em algum lugar, deixá-la por aí, largá-la. Tenta desamarrar, os nós estão muito estreitos, não consegue. Aproxima os dentes da alça para rasgá-los, o que gera um protesto mudo do marido: ele bota as mãos sobre os olhos e inclina a cabeça para cima. Ela coloca na mesa da sala o que sobra da sacola e então me dou conta de não saber o nome do parque e espero que. Ele não. Pergunte de novo. Dia desses vou acabar me enfiando em mim tão profundamente que não conseguirão me encontrar, aí então, quando der por mim, vou estar coberta de sacolas, produtos, árvores e grama, não terei mais recordações, serei um cabide e terei filhos. Saio por aí carregando o que não me pertence, inclusive um bebê. Tenho vontade de rir, gargalhar de mim mesma, mas ela reprime o desejo diante de Carlos.

Ao sentar, o corpo manifesta sua exaustão, sente o dia pesar sobre as retinas, os pensamentos pressionarem o crânio, o sol que secou a pele, tem sede.

— Você não me disse o que tem na sacola.

— Produtos pra cabelo.

— Você não tinha saído pra ir ao parque, Amanda?

— Fui a uma loja de cosméticos.

— Deixa eu ver se entendi: você saiu pra ir ao parque e passou na loja de cosméticos no caminho?

— Não.

— Então o que foi?

— Não...

— Saiu pra loja de cosméticos e passou no parque no caminho.

— Não.

— Você quer me enlouquecer?!

— Não.

— E desde quando você liga pra esse tipo de coisa, hein?

— Que tipo?

— Essas coisas de beleza.

— Meu cabelo tá caindo.

— Como é? — ele senta ao lado dela.

— Olha.

Ele observa a cabeça da esposa, toca o couro cabeludo dela, apalpa os fios como se nunca tivesse encostado em cabelos.

— Por isso você alisou assim?

— Ah, isso. Isso é uma escova. Fiz no salão.

— Que salão?

— Do Fábio.

— Quem é Fábio?

— O cabeleireiro.

— E por que você foi a um cabeleireiro?

— Porque meu cabelo tá caindo, já disse.

— Aonde mais você foi, hein?

— Eu não...

— Você passou o dia inteiro na rua, é isso?

— Gostou?

— Do quê?

— Do cabelo liso.

— Quase não dá pra perceber.

— A escova?

— Não, que o cabelo tá caindo. Só vi porque comecei a mexer no couro cabeludo.

— Mas logo vai ficar visível.

— Vou procurar um médico pra você.

— Não é uma questão de saúde.

— Talvez seja.

— Tinham crianças no parque.

— E, mesmo que não seja, um médico pode ajudar.

— Duas famílias com crianças.

— É por conta dessa história do cabelo que você tá desse jeito?

— Como?

— Assim, sumindo sem deixar pista. Deixou o celular em casa de propósito?

— Saí com pressa.

— Você? Pressa de quê?

— Eu precisava.

— O cabelo pra mulher é algo muito importante, né? Tem a ver com a identidade.

— O cabelo pra mulher tem a ver com a identidade, você disse.

— Tem a ver com a autoestima.

— Tô muito cansada.

— Não faz mais isso.

— Mas eu preciso descansar.

— Não some mais desse jeito.

— Desculpe, Carlos, me desculpe, Carlos, por favor.

— Eu sou seu marido, Amanda. Me sinto responsável por você.

— Tô com muita sede.

— Você não é minha mulher?

— Sou.

— Só minha?

Carlos a agarra pelos ombros e me jogo nos braços dele. Tenho a sensação de que entre o seu corpo e o meu não sobra ar. Tenho vontade de vomitar, mas chora no lugar. Beijo suas bochechas e seus olhos e sua boca, ele aperta meus braços e me perdoa.

Não sei se dormi quinze minutos ou três horas. Acho que estou na cama e logo vejo que estou na sala. Misturam-se as sensações numa dor só, opaca e mal distribuída. A cabeça. Poderia querer gritar, mas me falta a convicção necessária.

— Carlos — chama ainda deitada, não sabe como se mexer.

A dor irradiou da cabeça até o dedinho machucado do pé, que volta a incomodar, mas já não dói. Eu. Não tenho certeza se ele me escutou chamando. Não tenho certeza de que eu tenha falado alto ou se somente pensei em falar, se delirei que tivesse chamado, se falei só dentro da minha cabeça, já não. Me lembro. Sente-se como se a tivessem mergulhado em mar aberto contra sua vontade e, no instante em que fosse perder o ar por completo, arrancassem de um só impulso seu corpo d'água. Saio do sono sem espaço nos pulmões, ouvindo o barulho vácuo que a madrugada faz, mas não é madrugada. Sinto a atmosfera pressionando cada centímetro da circunferência que é minha cabeça. Puxo o ar para dentro do corpo esperando limpá-lo dum cansaço incrustado nos braços, nas pernas, nos tornozelos, nos olhos, em todas as articulações, mas, principalmente, nos ouvidos, um cansaço como uma sujeira. Grosso e doente, grave, grávido.

— Deve estar com fome.

Ele ficou aqui? Viu-me dormir? Guardou meu sono?

— Já vai sair o jantar, não quer lavar o rosto?

— Obrigada.

— Pelo quê?

— Pela comida.

Ela o enlaça desde as costas até o tórax, encostando a região do esterno no meio da espinha dorsal dele, os seios, sensíveis, o pressionam. Seu corpo entende que Carlos quer ser agradecido por outras graças, mas não sei pelo que agradecê-lo, como se esperasse algum reconhecimento, outro obrigada, talvez "eu te amo". Ele desamarra os braços dela de seu peito, pigarreia e se afasta de mim para pegar os pratos.

— Amanda, o pedreiro veio aqui hoje, não veio?

— O cara do piso?

— Ele me ligou e disse que fez tudo muito rápido, porque você tava com pressa.

— Então você sabia que ele tinha vindo.

— Por que você mandou ele embora correndo, de onde veio a pressa?

— Se você sabia que ele tinha vindo, por que perguntou?

— Eu quero saber por que você expulsou o cara.

— Só disse que tinha que sair, o que era verdade.

— Tinha ou queria?

— Eu...

— Podia muito bem ter esperado.

— Ele não parava de olhar pras minhas pernas.

— E isso é motivo pra expulsar alguém?

— Você não avisou que ele vinha.

— Você esqueceu.

— Não acho.

— Você sabe, eu sei, todo mundo sabe.

— Não fala isso.

— Não importa.

— Como?

— É normal.

— O quê?

— Esses caras, eles olham. A gente não vai achar um preço melhor, Amanda. Vai ter que ser ele.

— E por que você não recebe o cara?

— Você é que fica nesta casa o tempo inteiro.

— Eu não fico nesta casa o tempo inteiro...

— Ele só trabalha em horário comercial e ninguém no mundo pode ficar em casa em horário comercial, a não ser você. Eu não vou deixar o escritório e vir pra cá, se você pode estar aqui.

Ela silencia.

— Apesar da sua pressa, ele conseguiu fazer o orçamento.

— Ah.

— Na quarta-feira ele volta pra começar o serviço.

— E por que você não me consulta antes de marcar com ele?

— Você tem planos na quarta?

— Não, a princípio, mas eu poderia ter algo pra fazer.

— Você tem algo pra fazer?

— Não, por enquanto.

— Pronto, acabei de te consultar.

Como serão os cabelos dela? Não sei se é ela, claro, mas eu gostaria que fosse. Amanda gostaria de ter uma filha, não um filho, serão parecidos com os meus? Os da minha mãe não são como os meus, têm outra textura, a cor é bem diferente, nada assemelha os cabelos da mãe de Amanda aos dela, a não ser... A não ser a calvície, acho que hereditária. Se for assim, os cabelos do meu filho, ou filha, vão cair também, como os meus e os da minha mãe, em algum momento. Queria que ela fosse bonita.

Existe a possibilidade dos cabelos da filha de Amanda também caírem, como os dela e os de sua mãe, da minha mãe, a mãe é minha. Não parece haver motivos para preocupar-se com isso agora, mas, ainda assim, é tudo o que eu. Olhando no espelho quase não dá para notar, mas ele cai sempre e todos os dias, agora eu sei e saber é um acontecimento. No ralo é tanto, mas tanto, e nas mãos. Quando eu passo as mãos, como estou fazendo agora, pelos meus cabelos, saem fios entre os dedos de Amanda e ela se assusta. Não, eu não me assusto. Liso desse jeito parece que ela tem ainda menos cabelo, eu nunca mais vou fazer uma escova, será que ela vai ter cabelos lisos? Daria para juntar todos os fios, no ralo, nas mãos, na pia, pegar um por um e juntar, juntar e fazer uma peruca para colocar de novo na minha cabeça, fazer cada um dos fios voltarem para seu lugar, o lugar certo, de onde eles nunca deveriam ter saído. Acho que eu vou fazer uma peruca para ela, isso sim, não para mim. Crianças nascem sem cabelo, não é mesmo? Amanda pensa em fazer uma peruca com os próprios cabelos para sua filha que, como todos os bebês, nascerá careca. Acho que eu vou precisar mais do que ela, na verdade, os. Bebês nascem sem cabelo, mas ninguém acha estranho; uma mulher, sim, as pessoas acham. Amanda pensa em fazer uma peruca com os próprios cabelos para si.

Ela vai ter cabelos quando crescer, não vão ser como os meus nem como os da minha mãe, eu tenho certeza, sim, ela vai ter uns cabelos bonitos, longos, lisos, que não vão cair e ela não vai precisar de peruca alguma. Talvez a filha de Amanda seja parecida ao pai, uma menina com a cara de Carlos!, eu vejo esta menina com a cara de Carlos e não gosto dela, nem um pouco, ela não gosta da cara de Carlos nem um pouco. O que é isso? Por que isso agora? Eu gosto muito de Carlos e da cara de Carlos e do filho que carrego de Carlos, quero dizer, a filha, gosto muito da filha que carrego de Carlos, gosto dessa menina com a cara dele, é estranho é ruim eu não quero. Eu não quero Carlos tão dentro de mim, tão inadvertidamente dentro de mim, do meu útero, de mim, do meu ventre, o tempo todo, dentro, inadvertidamente, eu não, quero.

Daqui não dá para ver como ela está. Na verdade, quase não dá para senti-la. Eu não sinto nada. Nem escuto nada, somente. Os barulhos surdos que a madrugada faz. Não sinto que o bebê está aqui, que está vivo. A gravidez é. Esquisita, a gente acha que vai sentir muitas coisas que. Vai saber quando estiver escrevendo o. Corpo do bebê, engendrando seus pedacinhos, cada um dos. Seus pedacinhos, mas não sabe. De nada. Incomoda às vezes e só. De resto, não sinto nada, não sei nada de nada, não sinto, não ouço. Talvez uma dor.

Amanda sente dores de gravidez. Uma certa dor. Não sei se são dores de gravidez, não. Nem sequer sei o que são dores de gravidez, não sei nada. Um incômodo, umas cólicas constantes, um desconforto.

Dá para ver o couro cabeludo da minha mãe quando você olha para a cabeça dela, ela. Tem como aquelas. Auréolas de padre, não é que não tenha nada de cabelo na região, mas. Dá ver o couro cabeludo. Que é uma espécie de pele. Imagino que eu vá ficar assim também, quando envelhecer um pouco mais, todo. Mundo vai poder ver meu. Couro cabeludo e. Saber que estou envelhecendo, caindo aos pedaços. As pessoas envelhecem a todo tempo, mas percebem tarde demais. Amanda tem medo de se parecer com sua mãe, ou com o envelhecimento de sua mãe, ou então que a minha filha venha a se parecer comigo, que é o mesmo que parecer-se com minha mãe. Não, eu não tenho medo disso, da minha mãe, eu tenho medo, mas não disso.

E as pessoas vão poder ver que estou careca, quando envelhecer, ou melhor, que eu estou ficando velha, quando careca. Muito diferente do que acontece agora. Agora não dá, Carlos disse, ele disse que não é possível ver, que nem se nota, que se disfarça. Amanda confia na palavra do marido e sente-se mais segura em relação à aparência por conta disso, mas nem tudo que o Carlos diz é verdade, claro, ele não sabe de tudo, eu preciso me lembrar, ele, nem sabe que ela está aqui, o bebê, o bebê ele não sabe ele não domina. Carlos não sabe que sua mulher está grávida. Não sabe da verdade sobre tudo o que existe. Carlos não sabe muitas coisas. Tem coisas, inclusive, tem coisas das quais ele não se lembra, às vezes, como eu, ele se esquece. Além de coisas que ele não sabe. Às vezes Carlos se esquece. Nunca mais do que eu, mas esquece. Tem vezes que ele não sabe. Nunca menos do que eu, mas não sabe. Ele não conhece toda a verdade. Ele não sabe que ela está aqui, não sabe como ela é, não sabe como eu sou, como estou por dentro, mas. Eu sei. Disso eu sei e é por isso mesmo que eu não conto, se Amanda contar, Carlos saberá. Quando eu não puder esconder essa gravidez, sem dúvida eu vou inventar qualquer outra coisa alguma que só ela mesma saiba e ele nunca descubra só para ter o prazer de esconder algo daquele homem, o prazer. Porque esta dor, este incômodo, esta náusea, este ódio, a raiva a náusea a dor e o ódio que eu sinto são meus. Eu posso esconder se eu quiser, onde eu quiser, ele não vai notar, ele não vai botar a mão, ele não vai me tocar, não vai saber. Onde eu quiser.

O burburinho indiscriminado dos pensamentos.

Amanda não quer que seu marido saiba que ela está grávida. E se o bebê já não estiver mais aqui? E se por um acaso não estiver mais? Será que... pode ter morrido dentro de mim? E se morreu? Esse tempo todo morto, o que eu vou dizer? Morreu seu filho, Carlos, eu vou dizer? Que filho?, ele vai dizer. E, se morreu, como Amanda vai contar para o marido: morreu algo que nunca teve vida? E se apodreceu? E se eu o matei? Como eu vou contar? E se ele na verdade nunca? E se o teste deu errado e? E se eu nunca quase fui mãe? E se Amanda decidir não ser mãe jamais? Ainda dá tempo.

E eu nem sei bem se é mesmo preciso contar para Carlos. Se por acaso morreu é só calar. Se morrer, não vou contar, saber é em si um acontecimento, não saber é não ser. Se ela tirar, será um segredo seu e eu vou gostar muito de nunca confessá-lo. Não sei se preciso continuar, se é preciso. Não sou eu completamente responsável por gerá-lo agora? Não sou? A única, aliás, que carrega em si e a todo tempo a gênese deste ser humano? Sozinha. Não sou eu? E se sou capaz disso, deste tipo de elaboração complexa, por que não? Parir a mim mesma é o que preciso. Estou sangrando.

PARTE III

— Oito semanas — afirma o médico responsável pela ultrassonografia, um rapaz.

— Dois meses, é isso? — pergunto.

— Costumamos contar por número de semanas, assim fica mais fácil acompanhar as modificações que ocorrem.

— Mais fácil?

— São muitas mudanças de uma semana para outra e é necessário acompanhar de perto, por isso a contagem por semanas é mais fácil. Agora, por exemplo, com oito semanas, o feto tem o tamanho aproximado de um feijão.

— É um feijão.

— Ainda está pequeno.

— Pequeno mesmo.

— Mas vai crescer.

— É engraçado, pequeno desse jeito quase não parece que vai chegar a ser uma pessoa.

— Pode até ser que não pareça, mas já é uma.

— Uma pessoa?

— É.

— Com oito semanas um feto é uma pessoa?

— A senhora não acha que seu filho já é uma pessoa?

— Já dá pra ver o sexo?

— Não.

— Por que você disse "filho" então?

— Filho ou filha, então, como preferir.

— Não tem tamanho de pessoa.

— Os bebês já emitem batimentos cardíacos com oito semanas. A senhora está escutando?

— Ele já tem coração?

— Tem sim! Escuta o coração do seu bebê, a senhora vai entender tudo.

Ouço os batimentos cardíacos, observo a imagem na ultrassonografia e ainda não consigo distinguir o ser que habita o útero de seu invólucro, parecem parte de um corpo só, parecemos. Tento sincronizar as batidas do seu coração com as batidas do meu, não consigo.

— Não.

— O quê?

— Não entendo.

— Como não entende?

— Não sei o que tenho que entender. O que eu tenho que entender?

— Bem, cada mãe entende uma coisa, mas acho que todas têm alguma espécie de experiência quando escutam o coração do filho pela primeira vez.

— Uma experiência, claro.

— E por que não? Alguns inclusive já têm nome com oito semanas.

— Isso, então, deve bastar.

— O quê?

— Um nome deve bastar pra que tudo comece a existir.

Ele não diz nada e me encara, parece que pensa.

— O que basta para a senhora?

— Se eu nomeasse o meu filho ou a minha filha antes mesmo de ser fecundada, me diga, já seria uma pessoa? Eu já estaria grávida apenas porque nomeei a minha gravidez?

— Senhora, não sei se eu entendi.

— O que basta?

— Como vai chamar se for menina?

— Não sei.

— E se for menino?

— Qual seu nome?

— Gabriel.

— Gabriel, então.

— Olha, eu agradeço, mas...

— De nada. Posso me levantar?

— Não.

Vejo com nitidez. Não sei por que logo agora, aqui, nesta maca, nesta espera, mas aqui e agora eu consigo me lembrar. De todos os dias, das noites, das madrugadas, dos barulhos que a madrugada faz, de. Tudo. Tudo? Ou, pelo menos, do que eu acredito ser tudo. O passado inunda cada pedacinho do agora, cada espaço. Saber é um acontecimento.

Eu não devia ter mais de seis anos, com certeza não, e me observava em frente ao espelho do quarto da mãe. Os pezinhos não ocupavam sequer a metade dos sapatos pretos, de salto alto, dela. Em volta do corpo, uma echarpe azul e amarela que eu segurava para não cair, dessas de ir a eventos importantes. A boca lambuzada de batom vinho coroava o conjunto, a menina diante do espelho sentia-se bonita, apesar das desproporções, e grande, apesar da miudeza evidente na folga das roupas. Eu queria que coubesse, queria caber, que não sobrasse sapato no pé, nem franja de echarpe na altura. O som da panela de pressão vindo da cozinha. O barulho da televisão vindo da sala. Ela e ele em casa.

Eu tinha conseguido revirar uma porção de gavetas em silêncio, completo silêncio. Durante a empreitada, em algum desses esconderijos, em algum dos portais para a vida de gente grande, encontrei a tesoura. Não daquelas sem ponta e de cabo de plástico que eu levava para escola, mas toda prateada, pesada, com desenhos florais no cabo de metal reluzente. Eu via minha mãe usando aquele instrumento apenas para costura, quando o corte precisava ser muito delicado e bem circunscrito.

Primeiro segurei como um item que se carrega nos braços, uma bolsa, um buquê de flores, ou um bebê. Era suficiente para que eu sentisse o peso e o poder delas, mas não bastava, eu precisava fazer com as lâminas o que minha mãe fazia. Observei as franjas da echarpe me impedindo de caminhar e cortei. Cortar, devagar, uma por uma, era delicioso. Lembro-me do som, das lâminas rasgando o tecido. Quando chegou na última franjinha, aquela uma, pensei que talvez minha mãe gostasse da echarpe com aquilo, então deixei vivo um último pedacinho de pano para evitar uma bronca maior.

Pronto! Agora sim a peça se ajustava ao meu corpo, mesmo que eu tivesse que ajeitá-lo a toda hora e por mais que não tivesse arranjado um jeito do tecido não escorregar, pelo menos, agora, ele cabia em mim. Olhei para os sapatos, também sobrando, mas achei que seria demais. O meu desejo de tesoura, no entanto, ainda não estava saciado por completo.

Foi quando eu olhei para a minha cabeça no espelho e vi, pela primeira vez, o meu cabelo. Claro, eu já tinha olhado para ele, mas nunca tinha visto. O cabelo era meu, não era? Até então eu o compreendia como uma competência alheia, um departamento do meu corpo cuja responsável era minha mãe, ou, no máximo, o cabeleireiro; homem para o qual ela delegava a tarefa de cortá-lo, de vez em quando, mas que, no limite, só obedecia à minha mãe e aos cortes que ela queria que ele fizesse. Nunca, até então, alguém tinha me perguntado sobre o meu desejo em relação a ele. Mas, afinal.

Sem nenhuma precisão, cortei um primeiro tufo, logo ao lado das bochechas. Então outro, do outro lado, e mais um, na parte de trás da cabeça. Sempre segurando com a direita a tesoura e com a esquerda o tufo sobressalente. Depois a franja, bem curta, então tirei mais um pouco de cabelo de um lado, de outro, e mais até quase não sobrar nada na cabeça.

Senti a sua presença antes mesmo que ela gritasse. Por mais orgulhosa que estivesse do meu trabalho, eu intuía que ela não gostaria da sua tesoura em minhas mãos. Acontece que, no momento em que me viu, contrariando minhas expectativas, ela não se chateou pela tesoura ou sequer pela franja da echarpe, mas sim pelo cabelo.

Minha mãe veio até mim, pegou no meu rosto, segurou os tufos que sobravam e chorou, chorou muito, chorou tão sem fundo que eu não tive coragem de acompanhá-la, só guardei a tristeza dela comigo. Depois, sentada no chão, com a cabeça entre as minhas mãozinhas, o rosto escondido no meu colo, ela resmungou minutos intermináveis, sem que eu entendesse uma palavra.

— Amanda?

— Oi.

— Como vai? Como se sente?

— Tudo bem, Dr.

O médico e Carlos conversam em sua língua, na qual se diz e se responde entendendo-se sempre, como vai, vem. Invejo esse idioma sem esquinas. Eu aguardo horizontal, na maca ao lado. Às vezes meu marido se vira para me lançar olhares, quer dizer para mim: "Calma, nós estamos resolvendo tudo". Eu estou calma, mas ele não sabe. Mal posso escutar o que fala o homem no jaleco, não quero. Talvez por isso eles não se dirijam a mim. Talvez por outros motivos. Antevejo em seus olhares uma certeza delirante de que nada vai dar errado, de que tudo está bem e de que eles estão no controle.

— Amanda — deve pensar que estou dormindo, para falar tão alto, olho em sua direção de modo que saiba que eu o escuto. — Estive conversando com seu marido sobre a sua situação — tem uma voz requentada e cortante.

— Qual situação?

— Física, de saúde... Após o sangramento — pigarreia. — E compreendi que nem você, nem ele estavam a par da gravidez — explica. — Quero dizer, não sabiam da gravidez — torna a esclarecer, como se não tivesse sido claro o suficiente. Concordo para que prossiga. — A senhora não notou algum atraso na menstruação? Ela ocorreu normalmente?

— Não, não notei.

— Há vezes em que a mulher sangra durante a gravidez e confunde esse sangramento com uma menstruação — explica-se pausadamente.

— Não, nos últimos dois meses acho que não sangrei nenhuma vez. Não até agora.

— Então estava realmente atrasada?

— É, acho que sim.

— E você não percebeu?

— Percebi em algum momento.

— E achou normal?

— Não pensei sobre isso.

— Isso deve querer dizer que o seu ciclo menstrual não é regular. Correto?

— Sim.

— Ou então suspeitaria da possibilidade da gravidez, certo? — não posso deixar de anuir a um homem tão sagaz, ele corresponde ao estímulo e prossegue. — É o que eu dizia a seu marido.

O médico procura os olhos e os dentes de Carlos, os dois homens sorriem em aprovação a si mesmos, com os olhos e com os dentes. Não o conhecesse, poderia achar meu marido feliz, mas sei que na realidade está nervoso. Sei também que não lhe agrada estar nervoso; neste momento, neste instante exato, sente-se na obrigação de manter a calma para não desequilibrar a sua mulher grávida, quem ele julga estar perturbada com a situação. Não consegue, claro, e deixa ainda mais evidente a própria ansiedade. Está nu e tampa os olhos para esconder o corpo:

— Você tá bem, Amanda?

— Tô, fique tranquilo.

— Eu tô tranquilo, fique calma.

— Acredite, eu tô calma.

— Que bom! Fico feliz.

— Pois bem — interrompe o Doutor, o homem não suporta a sinuosidade do diálogo. — Amanda, informo a você que é fundamental um repouso quase absoluto de, pelo menos, duas semanas para que se restabeleça a saúde.

— Como assim "repouso quase absoluto"?

— O melhor é que você fique na cama mesmo... Na maior parte do tempo, pelo menos, durante duas semanas. Depois desse período, precisa voltar a procurar um médico, pode vir aqui ao hospital, se quiser, se vocês quiserem, digo. Mas o mais aconselhável é encontrar algum obstetra que a atenda regularmente.

— Isso não vai acontecer.

— Qual parte?

— Não dá pra ficar deitada em uma cama durante duas semanas inteiras.

— É o melhor para você.

— É o que o senhor julga ser o melhor.

— Sim, afinal, eu sou o médico... eu devo saber o que é melhor para uma pessoa que está doente, não é? — ri.

Carlos, que se segurava, solta:

— Ele quer o melhor para o bebê, Amanda.

— Além disso, você não vai ter que ficar deitada o tempo inteiro. Veja, pode e deve andar pela casa durante alguns minutos de duas a três vezes ao dia, mas não mais do que dez ininterruptos. Também pode sentar-se, pode estar sentada por meia hora. Depois disso deve então deitar novamente e pode voltar a sentar depois de algumas horas. Ou seja, deve intercalar o estar em pé, por pouco tempo, sentada, um pouco mais, e deitada, quase sempre. Mas de forma alguma pode subir ou descer escadas sozinha, tudo bem? Caso seja extremamente necessário, peça ajuda. Depois de duas semanas, será avaliada novamente, mas deverá permanecer até o resto da gestação sob observação. Vai precisar de muito repouso e cuidado.

— Eu corro algum risco?

— Não, você não.

— O que tá em jogo é só a vida do bebê, certo?

— Sim.

— Então, se por acaso...

— Que tipo de pergunta é essa, Amanda? — interrompe Carlos.

O médico bota a mão no ombro de Carlos e diz:

— Cuide dela.

— O senhor pode anotar tudo o que Amanda precisa fazer? Ela se esquece com frequência...

— Elas ficam assim mesmo durante a gravidez: irritadas. Algumas ficam muito difíceis. Perdem inclusive um pouco da capacidade cognitiva. O cérebro não funciona direito porque o corpo está todo voltado para a gestação, sua função primordial. Neste estado, elas esquecem as coisas, não raciocinam direito, falam de forma ainda mais imprecisa e... O senhor vai ter que interceder por ela muitas vezes, encare como um treino para quem vai ser pai.

Você sobreviveu. Não desceu junto ao sangue. Apesar de ser só um pedaço de sangue. Coagulado. Preso às paredes do meu útero, está aqui. Sobreviveu não só ao sangramento, mas tem sobrevivido a mim, insistente. À minha indisposição e ao meu medo. O que sobrevive é você ou a natureza? Já tem um coração, inclusive, eu vi, tem também uma cauda, feito um bichinho, você. É uma coisinha esquisita, meio feia e meio minha. Posso quase admirar o que você quase é. Você tem me feito lembrar, sabia? Esqueci de esquecer.

— Senta, por favor, o bebê.

— O bebê tá bem, não faz dez minutos que eu tô em pé.

Quando abri os olhos de manhã, me dei conta da sua existência antes mesmo de preparar o café e. Saber é um acontecimento. Estou me acostumando com a ideia de sua quase vida, estou me acostumando a lembrar, lembrar da sua ultrassonografia, dos barulhos que o útero e o seu coração fazem, dos dedos da minha mãe quando trançavam meus cabelos, dos sapatos marrons do meu pai junto ao sofá, da. Morte da minha vó, dos beijos de Carlos, das brigas que tivemos, dos copos que eu quis quebrar e não quebrei, das noites insones e do pensamento flutuante, do que acontece no escuro, dos barulhos que a madrugada faz, de.

Andava sem poder lembrar, mas você tem me obrigado a saber, tem me obrigado a pensar, na verdade. Você ainda é só uma ideia. Eu sei, uma ideia e algumas sensações: as náuseas, as dores, o calor é você. Sinto doente é você. Sinto feliz é você. Meus braços, minhas mãos, meus dedos do pé, minha orelha e meus joelhos também são você? De que parte do meu corpo você tira uma parte do seu corpo? Você é uma ideia que mora em tudo. Um filho não cresce no útero da mãe, não, mas na extensão completa da sua pele, em cada órgão, onde seus olhos puderem ver e seu nariz sentir, cresce no que a mãe escuta e por onde ela passa, cresce onde se respira e onde se morre.

Com Carlos em casa, à noite, é a vez dele me fazer recordar de sua existência. Parece ter medo de que eu me esqueça da gravidez.

— Você sabia que eu não consegui comer uma banana hoje?

— Como assim?

— Descasquei a banana, abri a boca, mordi, mastiguei e então comecei a ter náuseas. Mas, como me recuso a não conseguir ingerir uma banana, eu continuei comendo: abrindo a boca e mastigando. Quando descia pra garganta, tinha mais ânsia ainda, mas eu insisti. Abre a boca, morde, mastiga, tem ânsia, empurra pro estômago, abre a boca, morde, ânsia, mastiga, estômago, ânsia. Até que, finalmente, quando a banana acabou, tive de correr pro banheiro e vomitar tudo. Qualquer um consegue comer uma banana, até um bebê.

— Então você comeu a banana.

— Eu até tentei tapar o nariz enquanto comia, ou mastigar rápido, mas, não teve jeito. O corpo devolveu.

— Vai ver o bebê não queria a banana!

— O bebê não tem que querer nada. Feto não tem vontade.

— Senta, por favor. E não chama meu filho de feto.

— Quando eu tomo café, meu coração acelera bastante.

— Talvez seja melhor não tomar café.

— Nem comer banana, nem levantar, ou andar, ou olhar pela janela.

— Ou se controlar um pouco, pelo menos. Senta. Isso, fica aqui do meu lado um pouco.

— Meu cabelo continua caindo, sabia?

— Eu já te disse, não dá pra ver.

— Será que ela...

— Ela?

— O bebê.

— Eu sinto que é um menino.

— Você sente?

— Pai também sente!

— Você já se considera pai? Mesmo antes do bebê nascer?

— Claro, você não?

— É estranho, né?

— O quê?

— Que uma barriga vire uma pessoa.

— Quem é que vai contar pra eles?

— Eles quem?

— Você sabe... Eu também preciso contar pros meus pais.

— Mas eu não preciso contar pros meus.

— Precisa.

— Daqui umas semanas, talvez.

— É importante ter o apoio deles agora, não depois. Você em casa assim tanto tempo sozinha e debilitada.

— Eles moram longe.

— Há quanto tempo eles não têm o desejo de receber essa notícia? Os meus pais sonham com a ideia de serem avós e os seus também, com certeza. Além disso, eles não são jovens, vão querer a maior quantidade de tempo possível pra conviver com o neto deles.

— O neto deles não existe.

— Existe sim, na barriga da mãe dele.

— Ou na cabeça do pai.

— Você não precisa falar com eles, eu mesmo posso contar.

— Por enquanto não, por favor.

— Eu não concordo.

— Essa é uma decisão minha.

— Pois então também é uma decisão minha contar pros meus pais.

— Bem, eu...

— Eles vão querer te visitar.

— Diga que não tô em boas condições pra receber visitas, o que é verdade.

Da última vez que estivemos só nós duas, me assustei porque percebi que havia envelhecido, na verdade, porque percebi que ela estava envelhecendo, que envelhecer era um processo sem volta e viver uma espécie de doença degenerativa. Naquela noite, ela segurava minhas mãos em cima da mesa, olhava para mim e meu olhar se dirigia à sua cabeça, tentava e não conseguia desviar. Dava para ver cada uma das falhas no couro cabeludo dela, as lacunas entre os fios de cabelo, lugares onde deveria haver algo e não havia: faltas expostas sobre o jantar.

Eu queria dizer para ela: mãe, faz quanto tempo? Isso de caírem seus cabelos. E há quanto tempo tudo é tão pouco? Como eu não imaginei que você ficaria assim? Naquele dia, eu ainda não sabia que os meus começariam a cair também, na minha vez.

Quando um filho descobre que aquela mulher que o toca é sua mãe? Não pai, nem irmã, nem filha, nem amigo. Mãe. E quando, mãe, a senhora ficou assim? Quando vai ficar mais moça de novo? Daquele jeito como eu te via quando eu era pequena. Tenho saudade daquele rosto, daquela pele, daquele tamanho e da voz. Tudo em você não é mais como antes ou sobrou ainda alguma coisa? Algum colo para eu me deitar, algum resquício de você.

Cada gota de álcool entrando pela sua boca ou garfada de comida engolida naquele jantar geravam satisfação ou medo, eu estava ali para assisti-la protagonizar um espetáculo aflitivo e exclusivo. Uma taça de vinho faz bem, é certo, mais do que isso pode ser ruim para o fígado ou para o estômago. A salada favorece um intestino preso como o dela, mas as batatas fritas não são boas para a diabetes. Eu queria perguntar: como anda seu colesterol, mãe? Seus pulmões, seu coração, seus rins? Fez todos os seus exames esse ano, tem ido ao ginecologista? Não tem medo de perder a memória? E a disposição? Faz exercícios para o cérebro e para o corpo? Pode me garantir que há de viver pelo menos mais uns vinte anos, mãe? Saber, mãe, que te resta menos tempo de vida pela frente do que o percorrido me dá náuseas. Não sei assistir seu corpo deteriorar, sua mente envelhecer, sua pele mudar, não consigo comer, não peça entrada, nem sobremesa, nem o prato principal, ou vou botar tudo para fora. Talvez eu consiga, na melhor das hipóteses, não pensar sobre isso, ficar cega e surda, e ignorar. Pode ser que seja mais conveniente, para mim, morrer antes, você não acha? Podemos combinar assim, mãe? Assim fica mais fácil. Eu vou primeiro, depois você vem.

Queria ter dito cada uma dessas palavras, mas permaneceram todas indigestas. Mentira, isso é mentira, eu. Escondia de mim mesma todos aqueles pensamentos e só hoje e nesse momento eu posso pensar tudo isso. É como se. Eu pudesse destampar os ouvidos do passado e. Pensar em voz alta em retrospectiva, talvez. Ver. Ouvir.

Passei o jantar assistindo a boca dela falar, entusiasmada, sobre a primeira filha de sua sobrinha, minha prima, que eu mesma não via há anos, não mais sabia como era e muito menos se já tinha idade para ser mãe; também sobre as amantes de meu tio, pai da minha prima, sua sobrinha, e como elas se comportam desfilando pela pequena cidade na qual eles moram; bem como sobre as novas manias do meu pai, seu marido, tio da minha prima, com quem eu desaprendi a conversar desde a adolescência; e, lógico, sobre Carlos, um excelente genro, sobre como ele queria dar a ela os netos prometidos por mim na infância, mas os quais agora eu parecia ter esquecido. Não disse sequer: não quero ter filhos, mãe, não agora, pelo menos, talvez nunca, talvez um dia. Ainda sou jovem para envelhecer como a senhora, mãe, e é isso que os filhos fazem, envelhecem. Não tenho desejo de ficar grávida, na verdade tenho mesmo muito medo. Não disse: eu não gosto de ouvir essas histórias todas, mas sinto sua falta. Não disse nada, mas ela escutou alguma coisa.

Depois daquele dia já não pude mais estar com você sozinha. De início, desviei dos encontros, às vezes sem me dar conta, às vezes de propósito: esquecia-me de ter marcado uma visita à sua cidade, adoecia nas datas em que nos veríamos, não aparecia simplesmente, fugia. Depois, assumi. Só me encontraria com você se estivesse acompanhada, Carlos foi quem me ajudou.

Guardo na memória com cuidado a textura de sua pele na minha. Retiro de lá esta sensação sempre que sinto sua falta. Às vezes a fonte seca e me vejo sem recursos, sem mãe. Será que eu vou aprender a conservar o toque dos dedos do meu filho na minha pele como lembrança? A costurar em minha pele um toque sobre o outro até que ela se transforme em um mosaico de afetos?

Não é de todo um espanto quando o interfone toca de manhã, eu sabia que ele voltaria hoje, estava marcado. Mas é sim uma surpresa. Assumi que, dada a minha indisposição, Carlos fosse adiar o trabalho. Esqueceu?

— Pode entrar, fica à vontade.

Antônio se sente de fato à vontade. Essa obra agora não faz o menor sentido, eu deveria ter dito, avisado, questionado. Como Carlos não se deu conta?

— Seu marido me disse que a senhora tá grávida.

— É mesmo?

— Foi sim, ele me ligou ontem.

— Pra dizer que eu tô grávida?

— Na verdade, pra dizer que a senhora tá com uns problemas de saúde, descansando por uns dias. Não é isso?

— É, eu tô em repouso, preciso ficar deitada.

— Pois é, ele me disse. Ligou pra esclarecer a situação, já que eu vinha hoje, entendeu?

— Acho que sim. Fique à vontade, então, pra fazer o seu trabalho.

— Obrigada.

— Preciso voltar pro quarto.

— Claro, pode ficar bem tranquila, seu marido já me disse tudo que eu preciso saber.

— Se precisar de alguma coisa.

— Caso precise de mim também, lá no quarto, pode me chamar, viu?

— Eu não vou precisar.

— Será que a senhora me permite dizer uma coisa?

— E como eu poderia impedir?

— As mulheres ficam muito bonitas quando tão grávidas.

— Como é?

— A senhora tá muito bonita.

— Porque eu tô grávida…

— Quando der pra ver a barriga, vai ficar mais bonita ainda.

— Me diz uma coisa, o senhor já engravidou?

— Que pergunta é essa?

— Já ficou grávido? Já pariu?

— Não tô entendendo.

— Claro que tá, as perguntas são claras: já engravidou? Já pariu?

— Mas claro que não! Eu sou homem, não tá vendo?

— Vejo, com toda a certeza.

Sem Antônio, pelo menos eu posso levantar às vezes e dar umas voltas na casa, assistir televisão, da janela da sala ver as pessoas passarem na rua, espiar as outras janelas dos outros prédios, abrir a geladeira na cozinha, comer o que o estômago não rejeita, mas. Quando ele está aqui. Nesta casa. Ali, na sala. Eu neste quarto, quando ele. Não quero fazer nada. Que faça barulho ou chame atenção ou vá. Me deixar constrangida. É claro, às vezes, espio, pela fechadura, tenho curiosidade, talvez mais do que curiosidade, mas. O que afinal ele está fazendo no meu piso, na minha sala, faço o possível. Para que ele não me veja, não. Me perceba, não saiba que eu o olho, ou existo, e logo volto a me deitar por sobre as dores nas costas.

O médico não me alertou sobre as dores nas costas, talvez seja por estar deitada quase o tempo todo. Quem sabe eu possa começar a ler um novo livro, na prateleira tem alguns intocados, herdados ou comprados na época da faculdade, a faculdade, pelo menos isso. Já lixei as unhas, escovei os cabelos, contei os fios que caíam na escova, me lembrei dos barulhos que a madrugada faz, tenho sono, pelo menos isso. Talvez retomar os estudos.

A janela deste quarto é mesmo pequena, não tinha percebido antes, mas é sim. Pequena e parece cada vez menor, parece que diminui a cada vez que olho: não ventila, o tempo é quente, a porta fechada. Não quero que Antônio me escute, ouça sequer um movimento meu e pensar! E pensar que eu achava que ele poderia ser alguma espécie de ladrão ou assassino quando o interfone tocou e ele foi anunciado pela primeira vez, mas muito pelo contrário. É quase engraçado. Muito pelo contrário, agora ele está aqui. Sendo meu carcereiro e eu, bem, eu, devo ter sido eu quem cometeu algum delito. Qual? Pelo que fui condenada?

Uma cama box branca coberta por um lençol azul claro floral que não respira, um armário em madeira branca que quase some em meio à parede e não respira, uma cômoda antiga em madeira escura envernizada não respira, nenhum porta-retrato sobre a cômoda respira, duas mesas de cabeceira idênticas da mesma madeira escura e envernizada não respiram, uma em cada lado da cama.

Quase não ficamos aqui. Dormimos aqui. Aqui é onde dormimos.

Precisava de uma pintura. Talvez uma reforma. Seria muito mais importante do que trocar o piso da sala. A lâmpada também precisa ser trocada, está velha e fraca, e pisca. Alguém que entrasse aqui pela primeira vez haveria de notar. As paredes estão sujas. O calor. A janela a cada minuto um pouco menor, eu poderia pintar. Essas paredes sozinha, não é difícil pintar paredes. Não agora, claro, agora que não posso fazer nada, mal posso me levantar, mas, com certeza, daqui umas semanas, quando eu estiver, melhor e puder, fazer esse tipo de coisa. Não. Não sei se adiantaria, ninguém, além de nós, entra aqui.

Por que Carlos insiste em trocar o piso agora, e por que comigo neste estado? E como confia neste homem para estar comigo o tempo inteiro? Não poderia ele mesmo pedir uns dias para ficar em casa? Não poderia ele mesmo ser o meu carcereiro? Com ele pelo menos estou mais acostumada.

A barriga começa a formigar. O formigamento caminha pelas pernas e por dentro das coxas, chega até os pés. Fecho os olhos. Imagino que vá dormir, mas acordo.

O barulho do piso sendo quebrado penetra nos ouvidos, não só pela altura, mas principalmente pela constância. Ainda assim, fico aliviada com a mudança de trilha sonora. Pelo menos, desta forma, eu sei que ele está na sala a todo tempo com as mãos ocupadas e não me escuta e não me espia, só martela o piso e quebra o piso e retira o piso. Lá, eu aqui. Posso também fazer o barulho que eu quiser, ele não vai me escutar, fazer o que for.

O celular parece me observar. Devolvo seus olhares. Abro a câmera e me vejo ou é o celular que vê? Uma lente é um olho sozinho e perscrutador. Tenho vontade. De fotografar este quarto. Guardar as imagens deste quarto. Que não respira. E está sempre em silêncio sempre barulhento, nunca não em silêncio nunca não barulhento, este. Quarto em que não.

Fotografo a parede onde a cama está encostada, na foto aparece a sujeira preta que se acumula onde encostamos a cabeça, onde haveria uma cabeceira, se a tivéssemos: marcas das pessoas e do tempo, dos detritos das pessoas e do tempo. Sempre me perguntei como as cabeças podem ser tão sujas a ponto de deixar estas manchas na tinta branca, essas manchas, sujas. A olho nu é feio, a olho câmera é quase bonito. Bonito como algo agora assim. Algo que está e já não estará. Um registro do não. Um não registro. Um toque da epiderme do tempo nos olhos. Talvez "bonito" não seja a palavra, não é.

E se eu me fotografasse? Eu, que vivo neste corpo, neste quarto que não respira, neste corpo feio, neste. Seria bonito se eu fosse arte? Meu corpo feio seria bonito se fosse fotografia?

Não gosto dos dedos do meu pé, dos meus pés, acho horríveis, nojentos. Não gosto da espessura dos meus braços. Gosto menos ainda do encontro dos meus braços com o peito, onde tem uma gordura algo um pouco asqueroso, uma virilha excedente, uma pendência, eu. Também detesto as minhas virilhas. Os pelos da minha virilha eu detesto e uma ruga que se instalou ali há uns vinte anos. O meu umbigo projetado para fora. O meu cu também. Porque todos os cus são feios. São? Há quanto tempo não vejo o meu cu e o espaço entre ele e minha buceta? Acho que eu nunca vi o cu do Carlos.

Vou fotografar as minhas sombras, os restos, o cabelo que me falta, a sobra e os restos e os detritos e as faltas. Quero um registro daquilo que agora é e não vai ser mais nada um dia, de tudo o que é meu e não é meu, os. Dentes há tantos anos tortos, os ombros em desarmonia, os olhos assimétricos, as dissonâncias e os desencontros. Nada. As afonias, os desgastes. Por onde posso começar. A fotografar tudo aquilo que mais odeio, que mais detesto e desprezo em mim? Como, faço para emergirem essas vergonhas e repugnâncias e os, nojos há tanto tempo calcados no subsolo da minha cabeça, do meu corpo? Será que assim, assim dividida, esfacelada, assim repartida, eu possa ser bonita, eu possa ser desejada, eu possa ser?

O meu dedão do pé e o espaço entre eles e o dedo seguinte, entre as unhas e a carne do pé. As mãos e o celular, a lente como extensão dos braços, os. Dedos como extensão dos olhos, os. Olhos.

Penso em tomar cuidado por conta da gravidez, por conta da saúde do bebê, com as posições, com as movimentações, com os objetos, com. Penso e tomo. Cuidado. Tiro as primeiras fotos desde a perspectiva dos meus olhos, a cabeça é o centro da observação, os olhos estão na minha cara. Por enquanto.

Os joelhos, os pelinhos dos joelhos, os pequenos vincos de pele ali. Ou aqui. Desde cima e desde baixo, meus olhos agora nas minhas canelas, lá. As próprias canelas e os tornozelos, aqui, os. Tornozelos vários, desse corpo, nu. Chamar de tornozelo o braço, o pescoço, o cu, ver no pé uma axila, na perna uma axila, no braço uma axila, chamar a cabeça de estômago, o fígado de cérebro, a coxa de rim, estender os olhos, dobrar o dedos, abrir os pulmões, deixar aparecer, deixar esconder, escorrer, projetar e encolher o que existe e o que ainda não há.

Mostro meus braços para a lente, meus pulsos, cotovelos, a pele só pele, ali. Ou aqui. Lá é também aqui. Vou e volto.

Olho e corpo. Na câmera resta um pedaço de mim que me observa, um pedaço de mim aqui, um pedaço de mim lá.

Do braço ao seio, os. Seios recheiam o peito de carne dura, quase pedra. Aqui clavícula, ombros aqui, pescoço aqui. Escaneio meu rosto: dentes, rugas, espinhas, marcas de expressão, buço, nariz, narinas, queixo, orelha, aqui. Nenhum pedaço de carne de fora, todos meus e. Dos meus olhos.

A barriga, pouco proeminente, apesar da gestação, e como será que há de ficar depois dela?, o umbigo, o espaço entre os seios e o abdome, tudo o que não existia e agora posso ver e também tudo o que vejo e o invisível e aquilo que não. Há.

Virilha, vulva, pelos, períneo. Cada close, enquadramento, cada clique. Glúteos, quadril, coxa, costas, nuca. Nem sei mais o que fotografo, se o corpo fotografa a câmera ou a câmera fotografa o corpo, me pego dançando um balé esquisito de uma gênese de mim protagonizada pela lente. Lente que esquadrinha tudo, que bota olhos onde não há olhos, que come, come e come. Sola do pé, calcanhar, dedos, unhas, pulso, ouvidos.

Queria poder registrar também os órgãos internos e o esqueleto. Também os sons e os barulhos e o silêncio. Fazer o avesso virar afora e o que está fora virar verso. Não me reconheço, que bom, nem aqui, nem em pensamento, nem lá, nem mesmo um gesto, nem imagem, nem espelho, tudo foge, tudo corre, nada é meu. Um olhar que serpenteia e não recorta, expõe e não penetra, a mais completa ausência de surdez.

— Vou sair, mas volto logo.

— Vai sair?

— Exato.

— Mas a senhora não precisava ficar de repouso?

— Sim, eu preciso, mas é coisa rápida, dez minutos eu tô de volta.

— Tá tudo bem? Posso ajudar?

— Tá tudo bem.

— Precisa de alguma coisa?

— Não.

— Tem certeza?

— Tenho.

— Seu marido disse que a senhora não podia sair de casa.

— Eu volto logo, pode me dar licença?

— Quer que eu vá junto?

— Não.

— Eu posso ir no seu lugar. O que a senhora precisa?

— Preciso de licença.

Carlos chega. Estou deitada, estirada. Tenho dúvidas se devo ou não me levantar. Para recebê-lo? Abre a porta do quarto e não me olha nos olhos. Não me fala. Perscruta. O que procura? Alguma falha, alguma mudança. Me cumprimenta com um beijo silencioso na bochecha. Não te ouço, Carlos, você diz algo? Diga algo, por favor. Ele sai. Está cansado ou. Bravo ou. Pensativo ou. Droga, não quero que você esteja bravo. Vai tomar um banho e vai comer algo. Não? Sai com tanta pressa. Parece infeliz, descontente. Está preocupado, não? Não quer me ver, está cansado de mim, talvez? Não queria que eu estivesse assim, grávida, doente?

Seu corpo deixa no quarto um rastro atrás do qual eu gostaria de correr. Rastro que se avoluma e percorre a espinha. O óbvio, escondido debaixo da cama, entre os olhos, atrás dos ouvidos, salta: ele pode ir embora. Se ele quiser, ele pode ir embora. Assim como quem. Pode. Pegar as coisas e. Sair. Resolver, de uma hora para outra, que não pertence. A esta casa, não. Quer estar comigo, não deseja ser pai e ir embora sem. Satisfações. Abandonar a gente, quando. Quiser. Chamo Carlos. Ele não responde. Seria possível que ele já tivesse ido? Saído assim? Penso no corpo dele se distanciando do meu: neste elástico que se estica e quase rompe, mas ouço o barulho do chuveiro.

Ele está aqui.

— Carlos?

— Tô tomando banho — o grito sai de dentro do box. Eu não sei o que dizer, justificar por que o chamei, fico quieta. — Tá tudo bem com você? Precisa de alguma coisa?

— Tá tudo bem — grito de volta.

— Tô saindo.

— Carlos.

— O que foi, Amanda?

— Você tem alguma intenção de ir embora?

— Como é? — Ele desliga o chuveiro, podemos gritar mais baixo.

— Se pretende ir embora.

— Pra onde?

— Sei lá.

— Não tô te entendendo.

— Se por acaso você decidisse ir embora, acho que eu ficaria um pouco desamparada.

— Eu não vou embora. — Abre a porta.

— Não? — falo ainda alto e a voz ecoa no azulejo.

Ele aperta meus ombros com as mãos, ainda molhadas, mas não me abraça. Pede que eu volte a me deitar e me empurra até a cama.

Sinto o pavor de estar sozinha, o temor de estar sem ele, depois apenas medo.

Não há mais posições confortáveis nesta cama. Já tentei apoiar os braços ao lado do corpo, depois colocá-los em cima do peito, as mãos atrás da cabeça, as pernas esticadas, dobradas, nada. Carlos senta ao meu lado, olha para mim de cima e eu invejo a sua disposição física. Com ele aqui. Com ele aqui ao meu lado, eu. Com ele aqui ao meu lado, eu tento me manter um pouco mais quieta. Eu sei. Que ele vai reclamar. Reclamar se eu me. Mexer muito.

— Antônio só vai poder voltar na sexta-feira, agora.

— Por quê? O que aconteceu?

Um nó no meu peito se afrouxa, esse cão de guarda aqui o tempo inteiro, a sua voz, seu assobio, seus.

— Tem algum outro trabalho marcado, um compromisso, me disse hoje.

Carlos agora olha para mim, mas o olhar me atravessa, não se concentra em meu rosto, está tentando ver o que eu penso. Os maxilares cerrados, quase não abre a boca para falar, a voz é baixa.

— Eu estive aqui com ele o dia inteiro, por que ele não disse isso pra mim?

— Não sei.

— Então vamos ficar sem piso amanhã?

— Vamos.

— O cimento exposto?

— É. Uma pena que ele não possa vir, não?

Agora ele de fato me olha, nos olhos. Perscruta as minhas reações.

— Eu sei que você saiu de casa hoje.

— Como é?

— Antônio me ligou.

— Pra te avisar que eu tinha saído?

— Não, pra contar que só voltava na sexta, então eu perguntei por você e ele acabou me dizendo que você não tava em casa.

— Eu não preciso de uma babá. Se saí, é porque tava me sentindo bem.

— Mas você não poderia sair, nem mesmo se sentindo muito bem. Onde você foi?

— Tomar um ar.

— Não tem ar nesta casa?

— A obra faz muito barulho.

— A rua não é um lugar silencioso.

— Mais do que esta casa.

— Você não pode sair.

Não entendo por que ele fala tão baixo.

— Eu fiquei pouco tempo fora.

— Antônio me disse. Pelo menos isso, né?

— Como assim te disse? Que horas te disse? Ele não te ligou enquanto eu tava fora? Como ia saber que eu voltaria logo?

— Ligou também quando terminou o serviço e tava indo embora.

— Só pra avisar que horas eu tinha voltado?

— Ele tá pensando em você, protegendo você... de você mesma, se você quer saber.

— Não faz sentido nenhum trocar esse piso agora.

— Quanto mais gente perto de você, melhor. Mesmo que esse alguém seja o pedreiro.

— Carlos...

— Não é só a sua vida que está em jogo — eleva o volume da voz enquanto pronuncia esta frase.

— A minha, inclusive, não está.

— É a vida do meu filho que você tá pondo em risco.

— Seu?

— E se é a vida do meu filho que tá em jogo, então eu também decido e, nesse caso, me parece que você não deve ficar sozinha de jeito nenhum. Você me entendeu? — Emudeço. — Já tá na hora de dormir, você não acha?

— É, acho que sim.

— Você tomou banho hoje?

Que vontade de ir ao banheiro, que horas são? Coisa da gravidez, deve ser. Que é isso? Que dor na bexiga, parece que vai escapar, que eu não vou conseguir segurar, está ardendo. Preciso levantar. Dessa cama já e correr. Pro banheiro!

Ufa, que alívio, que bom, a bexiga tão cheia. Muito cheia mesmo. Esqueci de ligar a luz, mas dá para ver alguma coisa, os olhos se acostumam, não. Uma luz vem de fora, na verdade e. De onde vem? Tem alguém? Aí? Acho que esquecemos a luz da sala ligada, o que? Está acontecendo? E esse, xixi, que não para, de sair? Não é possível, acho que nunca fiz assim tanto xixi na minha vida, tanto xixi assim que. Engraçado. Nem me lembro de ter tomado tanta, água desse jeito é. Muito xixi. Mesmo. Será que eu não estou perdendo muita água? Deve. Fazer mal ao bebê, o bebê vai morrer de sede aqui dentro, eu vou me, desidratar. Carlos! O que está acontecendo? Me ajuda! Não para de sair. Será que pode, que pode acontecer alguma coisa com o bebê, hein, Carlos? Alguma coisa de ruim se eu fizer tanto tanto xixi assim. Será que ele, vai sair junto escorrer no xixi tanto assim eu nunca vi não é possível o que acontece o que está, acontecendo, Carlos? Eu preciso, eu preciso me levantar e tomar alguma água a garganta seca a sede ou eu vou. Ou vou perder toda a água do meu corpo se não, parar de mijar e vou perder o bebê o que está acontecendo? Mas como é que eu vou me levantar enquanto ainda estou mijando eu vou molhar toda casa todo o piso eu vou sair fazendo xixi por aí Carlos. Estou com sede perdendo muita água é. Preciso levantar assim mesmo mijando sujando a casa inteira de xixi Carlos xixi e ir até a cozinha você me escutou? Mas, tudo bem, tá tudo, bem? Tudo? Isso. De xixi. Tá, estou. Com sede. Eu preciso beber água. Na cozinha tem água para o bebê para sede e a água que não para de sair de mim, eu preciso repor a água que está saindo de mim e que precisa entrar de volta xixi. A criança vai morrer de sede e no escuro água. Finalmente a cozinha quem foi que acendeu a luz da cozinha o que você está fazendo aqui essa luz ligada esse xixi essa hora Carlos acordado a essa hora é tarde já é de madrugada por que não me ajudou você não veio quando eu chamei e escuro? Você aqui tão tarde eu preciso de água eu fiz xixi na casa inteira no banheiro na sala agora na cozinha eu molhei a nossa casa inteira eu vou alagar a nossa casa xixi inteira bebê a nossa casa inteira de beber água Carlos de xixi eu mijei no piso Carlos todo o piso toda casa alagada de xixi de xixi de mim de mijo de mim de bebê o que é isso Carlos no azulejo da cozinha em cima da mesa o que é isso aí na sua mão em cima da pia dentro das panelas você está cozinhando algo o que é Carlos o que acontece por que você não fala comigo Carlos o que você tem na mão o que você tem cozinhando no xixi o que está o que o médico está fazendo aqui por que ele está aqui com você o que está fazendo aqui por que você está conversando com o médico aqui em casa de madrugada no meio do xixi Doutor que bom que o senhor está aqui me diga por que eu não paro de mijar não para de sair água de mim por favor me deem um copo d'água me deem um copo d'água me deem um copo d'água o que é isso nas mãos de vocês Carlos o que é isso nas mãos de vocês o que é

Carlos me retira da neblina do sonho à unha. A cama está molhada de suor, não, de xixi. Encharcada. Ele pergunta se estou bem e o que está acontecendo, eu. Tenho vergonha de dizer que me urinei feito uma criança na cama. Nem preciso, o cheiro anuncia, machuca o nariz. Aconchego o corpo no frio da urina porque ele atenua a vergonha. Até que ele me pede. Que eu levante. Vai trocar os lençóis. E virar o colchão, depois dá-se um jeito nisso. Por que não toma um banho?, ele sugere. Vou tomar um banho, estou imunda, deixei tudo imundo, eu sou. Pelo menos eu não, alaguei a casa de xixi como. No sonho. Isso fez parte do pesadelo só, não. Da realidade. Não é? Carlos, não é? Carlos não é. Não tenho. Coragem de olhar em seu rosto, encarar seus olhos, queimo de vergonha. Pelo tom da voz, ele não parece feliz, está irritado, bravo.

A água do chuveiro escorrendo pela cabeça saca da memória, tão recente, detalhes do sonho. A lembrança esfria a pele e os órgãos, olho para o ralo, vejo os meus cabelos caídos, misturados a pedaços de sabonete e então. O terror das minúcias vivas e recém-pescadas de um sonho ruim me cegam: o banheiro no escuro, o xixi que não parava de sair, a ardência, Carlos, o médico e algo em suas mãos. No pesadelo, o banheiro e a sala sem piso, cimento exposto, estavam encharcados, alagados de xixi, água até o tornozelo. O médico e ele ali parados sem dizer palavra, os olhos escuros quase vazados, olhos de quem esconde algo. Havia algo. Algo em suas mãos. Eu me lembro. Tanto na de Carlos quanto na do médico uma. Massa disforme. Algo parecido a um rim ou um coração. Órgãos, é isso, um fígado, um pulmão?

O que eles estavam fazendo? E apesar de ter acordado antes que eu pudesse saber. Antes que eu pudesse ver o que, afinal, eles. O final do pesadelo. Ainda assim. Eu vejo. Agora eu vejo acordada o pesadelo continua vivo nas retinas, eu escuto. Eu sinto como se. Soubesse. Como se. Eu tivesse consciência e vidência e certeza do que eles fizeram comigo e com o meu corpo, eu escuto. Eu escuto sua atividade indescritível, incompreensível, intangível, algo entre. Dissecar e cozinhar e analisar e estudar e comer. É isso o que eles fazem e eu escuto. O que eles vêm há tanto tempo fazendo.

Com o meu corpo.

Dissecar e cozinhar e analisar e estudar e comer.

O meu corpo.

Enfio para dentro um grito que pula desde os pulmões até os dentes.

Ele me escuta chorar no banheiro e bate à porta. Não sabe do medo que tenho dele, de suas mãos, de sua presença. Bate de novo. Tenho medo do que estava dormindo dentro dele e. Bate. Acordou dentro de mim durante o. De novo. Sono. Medo do medo que ele tem de que eu não esteja bem. Bate. Medo dos barulhos que a madrugada faz. De novo. A madrugada vem e bate. De novo. Ele grita meu nome. E bate. Eu não me manifesto. De novo. A água escorre no piso. Bate. O barulho percorre os ouvidos. De novo. A madrugada penetra em mim. Bate. A madrugada entra. De novo. O sonho saiu pelos olhos. Bate. E se alimenta dos ouvidos. De novo. Pelas mãos, pelos ouvidos, por. A madrugada e. Ele arromba a porta.

Eu ia abrir. Por que não esperou? Ia sair, não vou dizer nada. Ele não diz nada. O silêncio ricocheteia no azulejo. Que os vizinhos não escutem, que ninguém acorde. Ninguém fala. Vai ser melhor fingir que está tudo bem, apesar do medo e por conta dele. Fecho a ducha, abro a porta do box, ainda molhada, e o acalmo, desculpe, está tudo bem, só estou com vergonha pelo que aconteceu, estou com muita vergonha. Ele me observa sem dizer palavra, desde o outro lado do umbral. Seus olhos opacos me fazem sentir frio. Ele abaixa a cabeça em concordância silenciosa e pisa no chão até chegar à cama. Sigo seus pés, molhada. Sem enxaguar nenhuma parte do meu corpo, entro debaixo dos lençóis. Dormir ao seu lado, ao lado de suas mãos e da madrugada, dos barulhos que a. As suas mãos invadem toda a.

É escura a densidão do quarto quando a luz se apaga para tentarmos reatar o sono. Ele trocou os lençóis, virou o colchão, mas o cheiro ácido insiste dentro das nossas narinas. Vejo que ele abriu as janelas, sinto vergonha. O constrangimento fermenta o medo.

Tento conter o corpo, não ouvir o escuro, nem me lembrar de mais nada, tento. Respirar. Faltam poucas, horas para que ele se levante e vá, trabalhar, por sorte. Não vou conseguir dormir, enquanto não houver, sol e claridade, enquanto ele, não for embora. Me pergunto. Se conseguirei voltar a dormir. Ao lado dele algum dia.

Adormeço no momento em que ele sai para trabalhar. O sono é leve e entrecortado por sustos, quando o toque do celular me desperta com uma ligação, percebo que mal dormi duas horas. Ao telefone, ele diz, quase emendando no "alô" e sem nenhum "tudo bem?", que entrou em contato com meus pais à minha revelia e contou sobre a gravidez, que está precisando de ajuda para lidar com tudo e comigo, que se sente responsável por mim, que acha importante que os meus pais, os avós da criança, participem deste nosso momento, mas que, acima de tudo, acha que eu não estou legal, que estou um pouco desequilibrada e preciso da ajuda, da intervenção deles. A forma como sua voz se posiciona não admite réplicas nem interrupções. Permaneço muda do outro lado da linha. Penso em meus pais e nos pais de Carlos, penso em Antônio e no médico que me atendeu. Agora são os meus pais que seguram meu fígado entre as suas mãos, parados em pé no meio da cozinha, ou meu coração, ou os pulmões. Agora é na frente deles que eu não consigo parar de mijar. Eles, Carlos, o médico, o pedreiro, toda a plateia alagada.

Checo a minha calcinha para ter certeza de que não fiz xixi em mim de novo, apalpo o colchão. Ele me chama, demoro para reagir, não sei o que dizer. A estranheza metálica que encontro na sua voz não se deve ao aparelho de telefone. Ele aceita o meu silêncio, aguarda até que eu recupere a fala, escuta a minha respiração. O sorriso que ele lança com o canto dos lábios é perceptível mesmo à distância.

Não adianta dizer para ele o que ele já sabe, o que eu já disse: que eu não queria que contasse coisa alguma para os meus pais, que ele precisava esperar, que essa era uma decisão minha. Contrariando suas expectativas, respondo com um afável tudo bem, eu entendo, já estava na hora mesmo deles saberem, não há o que fazer, talvez eu precise de ajuda e neste instante é ele quem se cala.

O silêncio dura pouco, só até que ele tenha tempo de modular o tom de voz, tendo em vista a minha resposta, para anunciar: eles decidiram que virão nos visitar neste final de semana. Prossegue expondo o quanto ficaram muito felizes com a notícia da gravidez, porém preocupados com sua filha, assim como Antônio, penso eu, claro, e o médico, e Seu João, o porteiro. Você não contou sobre o que aconteceu esta noite, contou? Claro que contou. Tive que contar, Amanda, claro, como não contar? Escondo a humilhação entre as pernas. Ele marcha sobre seu discurso, sumptuoso, dizendo que vê nesses episódios uma possibilidade de reconciliação entre nós, eu e eles, claro, entre você e os seus pais, Amanda, claro. Afinal, ele tem uma relação ótima com os meus pais, com os pais dele, com os irmãos dele, com os sobrinhos e com os tios, comigo e com todos, é claro.

Carlos tem consigo, guardada com esmero, a certeza de que sua empreitada dará certo, de que ele será, ao final, o bastião da salvação da Família, de que é um bom marido, será um excelente pai e a reforma no piso ficará ótima.

O portão não abre. Viro em direção à guarita da portaria e aceno. Está dormindo? Assobio, nada.

— O portão tá quebrado de novo, Seu João?

— Não tá não, Dona Amanda.

— Então o senhor pode abrir pra mim?

— Tá tudo bem com a senhora?

— Sim e com o senhor?

— Tudo bem, sim.

— O que tá acontecendo, Seu João?

— Só queria saber se tá mesmo tudo bem com a senhora, tá tudo bem?

— Tá, tá sim. O senhor pode abrir o portão?

— A senhora tá grávida, não tá?

— Meu marido te contou?

— Foi. A senhora tá, né?

— Eu tô.

— E a senhora tá bem, digo, de saúde?

— Não, Seu João, não tô, não.

— Pois seu marido me disse.

— Então, inclusive por causa disso, não posso ficar aqui parada na portaria a tarde inteira.

— Não, né?

— Não, preciso ser rápida.

— Então se sente.

Não consigo conter a risada.

— O que foi?

— Não quero sentar, obrigada.

— E por que não?

— Porque eu preciso sair.

— Pra onde?

— Aqui do lado.

— Do lado, do lado?

— Vou só pegar umas fotos.

— Eu posso fazer isso pra senhora.

— E por acaso a portaria pode ficar sozinha?

— É, não pode.

— As pessoas precisam sair do prédio.

— E entrar.

— Ou você pretende que eu cuide da portaria pro senhor, enquanto o senhor cuida da minha vida?

— De jeito nenhum, Dona Amanda.

— Então posso ir?

— Olha só.

— O que foi?

— O Seu Carlos, o seu marido... O Seu Carlos, ele me pediu que eu ligasse pra ele, caso a senhora saísse.

— É mesmo?

— Imediatamente.

— Imediatamente.

— Eu não devia tá falando isso pra ninguém, muito menos pra senhora, mas é que eu não me sinto bem com isso, não é minha função.

— Eu sei, pode deixar que eu não conto pra ele.

— Não conta o quê?

— Não conto que você me contou.

— Só que, se a senhora sair, eu vou ter de ligar, entendeu?

— Entendi.

— Eu peço desculpas por tá fazendo isso, eu não quero me meter na vida de vocês, mas é que…

— Fique tranquilo, Seu João.

— O Seu Carlos é meu patrão, sabe?

— Ele não é seu patrão.

— Mas fica ruim se eu desobedecer ele, entendeu? O prédio tem câmera, né? Vai que ele pede pra ver as imagens.

— Ele te ofereceu dinheiro?

Chego perto do homem, ele está mais nervoso do que eu. Assente à minha pergunta.

— Seu João, ligue pra ele e diga que eu saí, mas fui só até a padaria aqui na frente do prédio. Diga que eu te contei que tava com desejo de comer um doce.

— Tá certo, Dona Amanda, eu não gosto de mentir não, mas nesse caso…

— Nesse caso é melhor pra todo mundo.

— É sim.

Eu me dirijo para o portão, mas ele me chama.

— Dona Amanda!

— O que foi?

— Que doce a senhora gosta?

01h35 marca o relógio quando Carlos desliga a televisão e vem para a cama. Fecho os olhos para fingir que durmo. Ele, passos leves, se aproxima delicado do colchão, levanta o lençol e se mete embaixo dele, na certeza de que eu descanso. Nesta outra escuridão provocada pela cortina e pelos olhos fechados, pela ausência da luz da lua, nesta escuridão em que me encontro agora, estou disposta a olhar para ele.

Seu pai tira a minha calcinha sem pressa, cheira o tecido, enquanto enfia os dedos dentro de mim. É difícil fingir que durmo, se eu acordar, ele vai parar. Ele só gosta de mim assim, às cegas, surda, quando não estou. Isso começou antes de você, tem meses, talvez anos, não sei quando começou, nem quando me dei conta de que tinha começado. O meu sono, com o tempo, foi ficando mais e mais pesado. Passei a dormir nove, dez, até doze horas por dia. Mas agora tem você e eu acho que você tem me acordado.

Carlos cospe na mão e enfia saliva dentro de mim. Estes movimentos, este pedaço de carne que se mete dentro do meu pedaço de carne avilta algum prazer em mim, no meu corpo, no meu pedaço de carne. Um prazer que eu não gostaria de carregar, de jeito nenhum, comigo, e não gostaria de jeito nenhum que, no final das contas, resultasse em você.

A buceta molhada enquanto ele entra, esta é a maior violência, não é rigidez do que entra, mas a acolhida. Causar prazer a um corpo que dorme. Quantas vezes eu achei, ao acordar, que tivesse menstruado, mas era seu pai. E como fere esse desejo maculado, esse prazer machucado, essa vontade involuntária, e que vontade de gritar. Por que merda ele está gemendo? E como foi que eu deixei de escutar?

Talvez seja por isso que eu permaneço debaixo deste homem, todos esses anos, sem levantar a mão, sem acordar, sem dizer não, sem pedir ajuda. Hoje, como no dia em que você. Tenho certeza que ele vai. Gozar dentro de mim. Ainda mais porque. Talvez ainda mais porque. Você está aqui. Só de cogitar, merda, que ele possa estar assim, assim tão, por pensar em você enquanto entra em mim, mas que merda! Eu preciso parar de tremer, parar de pensar nisso, preciso parar de tremer ou ele vai entender, vai entender que estou acordada, não posso.

Pode ser que ele venha a ser um bom pai, apesar disso, porque ele é um bom homem, sempre tão atento, tão preocupado, tão atento, tão vivo, tão consciente, tão preocupado, tão controlador. Tão penetrante, tão consciente, tão preocupado controlador penetrante, tão preocupado consciente preocupado, tão vivo, tão penetrante, tão preocupado, tão preocupado, tão preocupado.

Por isso, entenda, por isso eu nunca deixei o seu pai, por isso eu nunca pude, nunca pude admitir, por isso eu nunca acordei, por isso eu dormi, por isso eu não acordei, nunca admiti, por isso eu dormi, eu dormi, eu dormi, todos esses anos, por isso eu dormi, todos esses anos, mas agora você, você, você está aqui. Vai logo, Carlos, merda, vai logo, por favor.

Eu preciso pensar em você, em você para suportar, para aguentar, pensar, em você em mim e mais nada, que não é nem um bebê, nem existe, merda, merda, vai logo. E nem agora, nem agora, nem agora, consigo, impedir, não tenho coragem, não consigo, mas dói, tanto, e eu não consigo, que merda, não dá. É só um bebê, Carlos, é só, um, bebê. Agora você, nós, eu. Eu. Eu preciso, de mim, pensar, em mim, para ter, você, eu, preciso, preciso, de mim, Carlos, vai logo, por favor.

Só se casa uma vez, você disse, porque eu não queria, aos doze anos, ter de enfiar sapatos com salto para ir até a igreja, e completou: sua tia vai estar tão bonita. Era sua irmã, a mais nova, quem se casaria naquele dia. Você passeava pela casa desde muito cedo, talvez não tivesse dormido; nos apressou no café da manhã, mandou o pai para o banho sem nem terminar a segunda xícara, os bobs na cabeça descansavam desde o dia anterior e nenhum pedaço de pão desceu pela sua garganta. Carboidrato incha, você disse, preciso entrar no meu vestido.

Também se preocupava com as fotos e como deveríamos posar para elas; checava as axilas e passava a língua pelos dentes a cada bufada que o pai desse. Faltava ainda uma hora para faltarem quinze minutos para então sairmos, mas não queria se atrasar de jeito nenhum, então nos alertava a cada minuto: só quem pode é a noiva. Sentada em frente à televisão, nos esperando, a camisa sob o terno ficava a cada risada mais amassada; você gritava desde o quarto exigindo o volume mais baixo, ao que os dedos obedeciam em silêncio, apenas como reflexo, para logo voltarem a aumentar.

Você e ele operavam um cabo de forças sem sentido, uma equação de soma zero.

Chegou a minha vez de ser arrumada. Você começou sentando o meu corpo sobre a tampa da privada, depois ajeitou minhas sobrancelhas e passou a pentear meu cabelo ainda molhado. Senti o toque das mãos em mim e procurei o espelho do banheiro, seu rosto parecia ter, sem aviso prévio, se apaziguado. Ondas davam espaço para que o mar ganhasse profundidade em seu semblante. Pensava em algo? Na sua irmã? Na roupa que iria vestir? Nos convidados? No seu casamento? Já não nos incomodava mais a televisão, o descaso do homem da casa, o matrimônio da irmã, o cachorro da vizinha latindo, nada mais nos incomodava. Entre mim e você aqueles fios que, ao se desembaraçarem, nos aproximavam. Fios visíveis e também os invisíveis. Queria fechar os olhos, mas me inundava uma satisfação vinda do seu rosto tranquilo no reflexo do espelho, do prazer nas suas têmporas, dum sorriso de contentamento surdo. Eu sentia e via, através da minha cabeça, dos fios do meu cabelo, dos olhos.

Dali em diante você fez comigo o que achava melhor, não houve necessidade de concessões, avisos, ou perguntas. Eu não queria atrapalhar. Você sabia qual batom combinava com minha roupa e qual sombra seria adequada para a ocasião. Sabia também como me fazer impressionar os outros. Mas a minúcia dos seus dedos sobre a minha pele, a maciez do pincel de blush sobre as bochechas, o seu hálito velho conhecido, nada disso poderia adiantar o que depois viria: o quanto você apertaria minha mão dentro da sua ao entrar na igreja, a aflição dos seus dentes cerrados mordendo um sorriso, a distância da sua irmã em relação a nós — nós, que não éramos mais como ela, ela, cujo sobrenome agora era outro, não mais o seu, nem o meu; e ele, alheio a tudo isso.

Eu queria tanto impedir aquele seu estado, sua tristeza, sua raiva. Nem que para isso eu precisasse conter todos esses sentimentos por você. Eu preferiria. Ao virem nos cumprimentar, você me usava como escudo; os parentes elogiavam minha beleza, os amigos, o meu tamanho, e eu dizia: foi minha mãe quem me arrumou. Assim, permanecemos todos muito bem maquiados até retornarmos à casa.

Não me lembro, é verdade, muito da cerimônia. Mesmo o rosto da tia eu tenho dificuldade em delinear, mas porque a vimos tão poucas vezes depois, não por conta da minha memória, eu sei. Hoje eu sei. Eu sei porque me recordo de cada detalhe do que de fato era importante. Como o vestido de noiva, tão mais bonito do que o seu, você dizia, tão mais caro; ou as piadas esquisitas que os homens faziam e das quais eu não sabia rir. Eu me lembro, sim, mas apenas compreendo hoje. As solenidades que uma cerimônia matrimonial impõe a todos, a cada um dos envolvidos, deixam claro o preço que se paga para consumir um casamento. Hoje eu entendo.

Debaixo do braço, eu boto o envelope com as minhas fotos impressas. Na mesa, largo o celular. Nesta que não é minha casa, tudo o que não é meu fica. Deixo o apartamento antes dele acordar. Não há nada para levar comigo além disso: um casaco, meu corpo em fotografia e a criança dentro de mim. O porteiro noturno não me reconhece, em meio ao sono. Na rua, o sol desponta, arrebentando a madrugada, que segue ainda fresca no ar.

Paro para vomitar escorada no primeiro poste. Agacho na sarjeta para examinar o líquido viscoso que saiu de mim: minhas vísceras misturam-se ao vômito, as minhas mãos e os meus pés também: vômito, vácuo, estômago, pulmões, intestino, vesícula. Choro sem som, ao contemplar meu corpo dilacerado e regurgitado, as lágrimas fundem-se nos órgãos irmãos. Tento recuperá-los, mas eles escorregam, tento reorganizá-los cada um a seu lugar em mim, mas já não é possível, foram expelidos como pus, habitavam o corpo alheio.

Na esquina seguinte, o rosto cai no asfalto, os olhos permanecem orbitando o vazio, a pele no meio-fio, a boca já não fala, a água na vala leva meu nariz, mas eu sigo andando. Ouço vozes, os pássaros gritam e já está quente, mas eu sigo andando. Preciso pedir que se acalmem: eu estou bem e vou seguir. Seguir andando. Seguir gestando, gerando e nutrindo, só estou fraca agora, mas.

E eu vou nascer, viu? Fiquem tranquilos os pássaros, quietas as árvores, descanse o sol e durma a chuva. Eu vou parir, sim, mesmo depois da. Destruição. Vou seguir andando e produzir uma noite só para mim, silenciosa. Vou descansar, vou trabalhar, mas por enquanto.

Por enquanto, sou nada, olhe os. Meus órgãos. Na calçada. E meu sopro a caminhar.

NATÁLIA ZUCCALA

nasceu em São Paulo, em 1990. É autora do livro de contos *Todo mundo quer ver o morto* (Ed. Patuá, 2017) e do projeto *Agora estou aqui* (www.agoraestouaqui.com, 2020). Formada em Letras pela FFLCH-USP, é também dramaturga, professora e está em formação como psicanalista pelo Instituto Sedes Sapientae. *Cheia* é seu primeiro romance.

Foto: Pedro Torreão.

este livro foi editado

no inverno

de 2021